D.J.GALVÃO

O DIÁRIO DAS fantásticas VIAGENS DE GIOVANA

ILUSTRAÇÕES: BRUNA MENDES

Texto 2018 © D.J.Galvão
Ilustrações 2018 © Bruna Mendes
Edição 2018 © Editora Bambolê

Projeto gráfico: Bruna Mendes
Revisão: Gerusa Bondan
1ª edição: julho 2018
1ª impressão: julho 2018

G182d   Galvão, D. J.
   O diário das fantásticas viagens de Giovana / D. J. Galvão ; ilustrações: Bruna Mendes. – 1. ed. – Rio de Janeiro : Bambolê, 2018.
   144 p. : il. ; 23 cm.

   ISBN 978-85-69470-41-0

   1. Literatura infantojuvenil. I. Mendes, Bruna.   II. Título.

                                                CDD : 028.5

Dados Internacionais de Catalogação na Publicação (CIP) Bibliotecário Fabio Osmar – CRB7 6284

Todos os direitos reservados e protegidos. Nenhuma parte deste livro pode ser reproduzida total ou parcialmente, sem a expressa autorização da editora.

O texto deste livro contempla a grafia determinada pelo Acordo Ortográfico da Língua Portuguesa, vigente no Brasil desde 1º de janeiro de 2009.

Impresso no Brasil.

comercial@editorabambole.com.br
www.editorabambole.com.br

*Dedico esta obra às minhas filhas, Luiza e Bia,
infinitas fontes de inspiração e amor.*

1. O começo de tudo — 6

2. As Anavilhanas — 12

3. A surpresa que veio da toca — 18

4. Hora do lanche — 24

5. Focagem noturna — 28

6. Um boto de cor rosa — 34

7. Piranhas! — 40

8. O dia em que o sol deixou de nascer — 46

9. As provas do índio Leo — 52

10. O presente do Pajé — 60

11. No rastro dos cristais místicos — 68

12. Mistérios — 74

13. Nada é por acaso — 80

14. Dia de festas	84
15. A primeira viagem astral	92
16. Uma janela se abre no tempo	98
17. A noiva chegou!	104
18. Pura magia	110
19. Problemas à vista!	114
20. Fogo!	118
21. O que mais pode acontecer?	122
22. O difícil caminho de volta	126
Mapa da região	132
Propriedades dos cristais	134
Constelações	135
Apêndice	136

1
o começo de tudo

Enfim, férias! Mas, em vez de ficar pulando de alegria, estou frustrada. Apesar de eu estar com dez anos e há mais de três pedir para ir à Disney, meus pais resolveram combinar uma viagem de férias para a Amazônia. Isso mesmo, para a Amazônia!

Na hora me pareceu uma péssima ideia porque, em vez de milhares de brinquedos, do castelo do Harry Potter ou da adrenalina nas montanhas russas, eu iria viajar para um lugar muito distante, para conviver com meia dúzia de bichos rastejantes, passar o tempo todo matando mosquitos e me coçando toda! Mas não tive escolha, e lá fomos nós.

Nessa viagem, completaram o grupo: a minha irmã, Clara, meus amigos Felipe e Manuela e os pais deles. Eu, Lipe e Manu estamos juntos, praticamente, desde que nascemos, porque nossos pais já eram amigos bem antes de se casarem.

Meu nome é Giovana de Santa Maria Rodartes, mas todos acabam me chamando de Gigi.

Nossa aventura não poderia começar de forma mais radical. Depois de chegarmos ao aeroporto de Manaus, uma van nos levou até um píer para pegarmos outro tipo de avião, que nos levaria para a pousada.

Isso mesmo! Fomos levados para um píer porque esse "outro avião" não iria decolar de um aeroporto, mas sim de um rio. Decolamos do próprio Rio Negro, a bordo de um hidroavião.

Um hidroavião é como se fosse um avião, que no lugar das rodas tem esquis. Esquis aquáticos! Este, em especial, parecia muito antigo, como se tivesse levado o Indiana Jones na Última Cruzada, sabe? O vidrinho retrovisor não fechava e o piloto ia com o braço do lado de fora da janela como se fosse um motorista de táxi. Irado!

Vi que a Clara estava fechando o olho esquerdo e franzia a testa. Ela sempre faz isso quando está nervosa ou alguma coisa a incomoda. O barulho do motor era muito alto e, mesmo de portas e vidros fechados, ficava difícil de conversar. Mesmo assim, cochichei no ouvido dela:

– O que houve, Clara? O que está te incomodando?

– Não é nada, irmã. Não se preocupe. Está tudo bem.

– Sabe que não está, não é mesmo? Eu te conheço. Sua testa está toda enrugada e o olhinho quase fechando. Pode falar, não tem ninguém ouvindo.

– Está bem. Vou falar, mas não conte para ninguém até pousarmos em segurança. Promete?

– Prometo.

– Já pensou se o piloto passar mal durante o voo? Quem vai pilotar essa geringonça, o papai?

– Acho que não. Talvez, o pai da Manu. Mas isso não vai acontecer, fique tranquila.

– Tudo bem, mas vai que ele cai na água? Por qualquer razão... Esse rio está cheio de piranhas!

– Clara, se cair, ele vai boiar. Assim como está boiando agora. As piranhas não voam. Não conseguirão entrar no barco e a correnteza vai acabar levando a gente para a margem, não é mesmo?

Ela ficou em silêncio e pareceu ter se acalmado um pouco, até o hidroavião começar a acelerar para ganhar velocidade. Como demorava a decolar, meu pai gritou lá detrás:

– Devem ser as malas da sua mãe que estão muito pesadas. Por isso o avião não sobe. Kkkkk. Parece que estamos indo para um safári de 30 dias na África.

– Que nada, a mãe da Manu trouxe mais peso do que ela – disse provocando minha tia.

– Não é nada disso, minhas malas estão leves. Meus chapéus ocupam muito espaço, mas não pesam. Kkkk – retrucou ela.

Enfim, depois de algumas centenas de metros, conseguimos decolar e a viagem foi linda! O Rio Negro visto de cima parece uma grande serpente cercada de verde pelos dois lados. Nosso avião seguiu acompanhando o traçado do rio, por onde pudemos ver diversas lanchinhas de pescadores e um grande número de barcos transportando pessoas.

A viagem já durava cerca de meia hora e, quase chegando...

POW!

– O que foi isso? – gritou Manu.

– Também ouvi! – respondi, assustada.

– Parece que alguma coisa bateu no avião. Piloto, sabe o que foi isso? – perguntou meu pai.

– Ai pai, eu sabia – falou Clara, bem baixinho – eu estava com pressentimento...

– Não se preocupem. Isso é bastante comum de acontecer quando estamos baixando nossa altitude.

– Como assim? – perguntou Lipe – estamos caindo?

– Não, gente. Tenham calma. Já estamos baixando nossa altitude porque dentro em breve iremos aterrissar. Um pequeno pássaro acaba de se chocar contra a asa esquerda do hidro. Não se preocupem. Isso não interferiu nas condições de voo.

– Então, por que razão estamos sacudindo tanto? – perguntou minha mãe.

– É o vento. Hoje ele está bastante forte. Mas vai dar tudo certo – finalizou o piloto.

Nós ficamos em profundo silêncio vendo aquele rio cheio de curvas se aproximar lentamente. Na hora do pouso deu um certo frio na barriga porque ventava muito e o piloto teve que mirar o hidro bem no meio do rio. O avião era jogado de um lado para o outro ao sabor do vento e, quando finalmente tocou com os esquis na água, foi como se um carro tivesse freado bruscamente.

– Uau! – disse enquanto todos aplaudíamos o pouso.

– Graças a Deus! – Clara repetiu o que mamãe tinha acabado de dizer.

Horas mais tarde, a Clarinha me disse que estava tão apreensiva durante o voo porque não tinha se despedido dos seus avós antes de sair de casa naquela manhã. Ela tinha medo de não os ver novamente. Estava se referindo aos pais da mãe dela. Eles não são os mesmos pais da minha mãe, porque meu pai, Ricardo, já tinha se casado uma vez, antes de conhecer a minha mãe, que se chama Gabriela.

Algum tempo depois da Clara nascer, meu pai se separou da mãe dela. Foi então que a Clarinha e sua mãe foram morar na casa dos avós dela por algum tempo. Isso a fez ficar muito próxima deles e, antes de ir para a viagem, me disse que se esqueceu de se despedir.

Demorei muito para entender isso. Afinal, como a Clara é minha irmã se minha mãe não é a mãe dela? Por que meu pai não é mais casado com a mãe da minha irmã? O que a mãe de Clara é de mim? Caramba, que confusão!

Algumas vezes eu me sinto "meio feliz" pelo meu pai ter se separado da mãe da Clara, porque se ele não se separasse eu talvez não tivesse nascido. Mas também fico "meio triste" porque minha irmã deixou de ver o nosso pai todos os dias, como eu vejo.

Mas, no final, me sinto feliz "por inteiro", porque eu acho muito bom ter Clara como irmã. A minha querida "imã", como eu a chamo desde pequena. Ela tem vinte anos e já sabe um monte de coisas que eu ainda não sei e a quem posso perguntar tudo que me vem à cabeça.

2

as Anavilhanas

O lugar da pousada fica perto de uma cidade chamada Novo Airão[1], às margens do Rio Negro, a 180 km de Manaus. Isso significa: em plena Amazônia. Estávamos cercados de mata virgem por todos os lados.

Logo que chegamos, fomos conduzidos para os nossos quartos, que eram grandes e com camas bem confortáveis. Em um quarto ficaram meus pais e no outro eu e minha irmã.

Cada quarto tinha na porta de entrada o desenho de um bicho típico da Amazônia. O nosso era do boto cor de rosa e o do Lipe com a Manu era de um pirarucu.

A gente sabia que faria passeios guiados todos os dias. Em especial, hoje, haveria um passeio noturno. De barco, iríamos nos distanciar o bastante para não mais vermos as luzes ou ouvirmos os sons da pousada. Lá, distante de tudo e de todos, poderíamos ouvir o som do silêncio. Eles chamam esse programa de Focagem.

---

[1] *Se você quiser saber mais sobre esta região, não tema, aqui não há problema: no final do livro você poderá satisfazer um pouco mais a sua curiosidade.*

Antes disso, deixamos nossas coisas no quarto e fomos almoçar.

A pousada não tinha muitos quartos e contei apenas 15 mesas no refeitório. Na entrada do refeitório tinha um pequeno quadro negro com o menu do dia. Quando cheguei, ainda pude ver a Manu congelada, na frente do quadro, soletrando lentamente:

– Pos-tas de pi-ra-ru-cu assado! – e concluiu: – Estou fora!

– Que é isso, Manu! Pode ser gostoso. Mamãe sempre diz para provarmos as coisas antes de dizer que não queremos – ponderou o Lipe, que é tão ou mais guloso do que eu.

– Se vocês gostam de bacalhau, eu tenho certeza de que vão gostar do pirarucu, que é o nosso bacalhau da Amazônia. Prazer, eu sou o Naldo, seu guia no dia de hoje.

Em verdade, seu nome era Rozinaldo. Naldo, como era conhecido, nasceu no Pará, estudou turismo e trabalhava como guia naquela pousada desde 1995. Conhecia as armadilhas e perigos da floresta como poucos e nos levaria depois do almoço para dar uma volta e conhecer os arredores.

Depois das apresentações, Naldo nos contou que o pirarucu é o maior peixe da Amazônia e chega a medir até três metros e pesar 200 kg. Mas, se não quiséssemos comer o pirarucu, poderíamos provar outra especialidade da casa: a costelinha de tambaqui, outro peixe da região.

Provei os dois e AMEI! De sobremesa comemos torta de pupunha e picolé de taperebá. Eu e o Lipe somos muito gulosos, confesso, e achei toda essa novidade de sabores simplesmente D+! Adorei poder provar um pouco de tudo. Alguns gostos eram muito bons, outros muito azedos, argh!

Muita coisa de que eu gostei o Lipe e a Manu não gostaram e vice-versa. Mas quando se trata de gostar é assim mesmo: nem todo mundo curte as mesmas coisas. O que seria do azul se todos só gostassem do rosa?

Depois que terminamos nossa primeira refeição na Amazônia, partimos para o passeio de estreia. Além do Naldo, um outro guia nos acompanhou. Um senhorzinho muito legal, que conduziu a lancha na primeira parte do trajeto. Enquanto éramos conduzidos, Naldo começou a nos contar coisas interessantes sobre a região:

– Pessoal, boa tarde! Enquanto seguimos para nosso primeiro destino, quero falar-lhes sobre as cheias que acontecem aqui nessa época do ano.

– Posso te perguntar uma coisa? – interrompeu Lipe, curioso. – As cheias acontecem por causa da atração da Lua?

– Boa pergunta, Lipe. Mas a resposta é não. As cheias são devidas ao período de chuvas, que acontecem com maior intensidade entre março e abril e podem durar até nove meses. Durante esse tempo, boa parte do solo firme fica submersa e inúmeras ilhas se formam. Este arquipélago, composto por mais de 400 ilhas, é chamado de Anavilhanas.

– Naldo – interrompeu Manu, curiosa – é por isso que não vemos o tronco das árvores? Parece até que os galhos nascem direto da água...

– Bem observado, Manu. O solo está bem abaixo no nível da água. Só os galhos e sua folhagem estão à mostra.

– Mas Naldo, como é que elas não morrem afogadas? – perguntei.

– Embora as árvores permaneçam submersas por tanto tempo, não morrem. Pois suas raízes continuam a extrair alimento do solo e suas folhas continuam a captar os raios do sol. Quando o nível da água baixa, tudo volta ao normal.

– E o que são as coisas boiando em volta das árvores?

– São seus frutos. Essas sementes que ficam boiando durante vários e vários meses, alcançam o chão ao final das cheias, já com parte de suas raízes nascendo e logo se fixando no solo.

– Irado!

Enquanto o passeio se desenrolava, várias lanchas passaram por nós. Indo e vindo para o rio Negro, de diferentes aberturas em meio aos galhos que surgem da água. Uma dessas lanchas nos causou espanto, pois trazia do lado de fora a seguinte inscrição: "LANCHA ESCOLAR".

– Naldo, o que é aquela lancha escolar? – perguntei.

– Aquilo, amiguinhos, é como os alunos daqui vão e voltam de suas escolas. É uma coisa comum de se ver nas Anavilhanas, pois a maior parte dos moradores da região se desloca no rio por meio de lanchas.

– Elas devem ser para os alunos daqui como os nossos ônibus escolares são para nós – disse Manu.

– Isso mesmo! Iguaizinhas, até nas cores: amarela e preta – completou Lipe.

Saímos da sede pouco depois do almoço. Após vinte minutos de viagem no Rio Negro, chegamos às margens de uma pequena ilha, onde seria o nosso passeio de reconhecimento. Depois de amarrar a lancha ao redor do tronco de uma árvore, Naldo tomou a dianteira e explicou:

– Pessoal, agora nós vamos atravessar a ilha por uma "picada" aberta na selva. Uma espécie de trilha no meio do mato; eu vou abrir o caminho para podermos passar.

– E não dá para a gente passar por uma trilha antiga, que já esteja aberta? – perguntou Lipe, ansioso.

– Não, Lipe. Não dá para ir por uma trilha antiga. Sabe por quê?

– Eu sei – falou Manu, confiante – porque elas fecham muito rápido.

– Isso mesmo, Manu. – Por causa da elevada umidade na região, vários trechos do caminho são escorregadios e as antigas trilhas se fecham rapidamente pela mata densa. Além disso, devemos estar atentos aos formigueiros e vespeiros e permanecer sempre juntos, para não nos perdermos. Com sorte, poderemos avistar alguns animais.

– Uhuu!!

Para poder abrir caminho na trilha, Naldo havia trazido um facão e para nos proteger dos insetos usávamos calças compridas, como ele havia pedido. Além disso, colocamos as bocas das calças para dentro das meias, antes de calçarmos as botas, como tinham nos orientado. Isso iria nos proteger de eventuais mordidas de insetos, como formigas e aranhas ou, mesmo, do ataque de algum bicho rastejante, como as COBRAS!

O Naldo tomou a dianteira e, com seu imponente facão em punho, foi abrindo o caminho para nossa passagem. Atrás dele vieram os pais do Lipe e da Manu. A seguir, nós três; logo atrás, estavam mamãe, papai, Clara e, por fim, o outro guia, protegendo a nossa retaguarda. Na hora eu não pensei nisso, mas vai que algum índio resolve atacar a gente? Sempre ouvi dizer que a Amazônia está cheia de índios selvagens[2]....

---

[2] *Se você quiser saber mais sobre esta região e os índios encontrados na Amazônia, não tema, aqui não há problema: no final do livro você poderá satisfazer um pouco mais a sua curiosidade.*

3

a surpresa que veio da toca

Após alguns minutos de caminhada pela trilha que o Naldo abria à nossa frente, a luz que tínhamos à beira do rio foi diminuindo até que o Lipe perguntou, de brincadeira:

– Quem apagou a luz?

– Na verdade, Lipe, ninguém apagou a luz – explicou Naldo, paciente – a mata é tão densa e fechada que poucos raios de sol alcançavam o solo.

– Eu estou toda suada, mãe. Parece que tomei um banho de chuva – reclamou Manu.

Naldo, então, se apressou em explicar:

– Isso se deve à combinação de sombra, calor intenso e muita umidade. Suamos tanto nessa pequena caminhada que até parece que acabamos de tomar um banho.

Apesar disso, a aventura nos mantinha motivados e a caminhada pela floresta transcorreu calma e cheia de novidades. Em cada parada que fazíamos para ouvir as histórias de Naldo, ele nos presenteava com um bichinho, que fabricava utilizando-se de folhas de palmeira colhidas ao longo do caminho. Eu ganhei um gafanhoto lindo! A Manu ganhou uma coroa com uma rosa na frente. Muito fofo!

Naldo nos mostrou borboletas de diversas cores e formas diferentes. Também foi possível ver inúmeros insetos, com destaque para os vespeiros e formigueiros que construíam enormes casas no tronco das árvores. Em uma delas o Naldo depositou lentamente sua mão.

– Que é isso, Naldo? Pirou? – gritou o Lipe, nos chamando a atenção para as formigas que cobriam toda a mão do Naldo e já desciam pelo seu braço.

– Calma que elas não estão me machucando.

Depois de algum tempo, ele se afastou do formigueiro e matou as formigas, esfregando-as com a própria mão sobre sua pele.

– Esse óleo que obtenho ao esfregar as formigas sobre a minha pele é um fabuloso repelente natural contra picadas de mosquitos. Querem experimentar?

– Sinistro! Tô fora – respondemos em uma só voz.

E as surpresas não pararam de surgir. Pouco adiante, Naldo nos mostrou um cipó que, ao ser cortado, deixava escorrer um filete de água pura e clara.

– Esse é o cipó d'água – disse-nos ele, para, em seguida, cortar um cipó dos mais grossinhos.

Após beber um pouco da água que escorria do cipó, ele olhou para nós e disse:

– Podem provar sem medo.

– Hum... está fresquinha! – disse Manu, com os olhos arregalados.

– Pois fiquem sabendo que várias pessoas que, por ano, se perdem em matas como essa pelo Brasil, poderiam sobreviver por muito tempo se conhecessem um pouco mais sobre o quanto a natureza pode oferecer. E, de graça! Basta saber diferenciar o que há de bom do que é ruim.

Em seguida, cortou outro cipó e bebeu a água que caía limpa e fresca. Aproveitei e provei um pouquinho, e adivinhe só? Tinha gosto de água!

Já havíamos caminhado mais de uma hora, sempre brincando muito: eu, Manu e Lipe. Porém, em uma daquelas paradas mais demoradas para ouvirmos do Naldo uma explicação sobre as diversas plantas medicinais, o Lipe aprontou. Já estava demorando...

Ele estava um pouco entediado com a falta de emoção e resolveu pegar um galho que estava caído e enfiar num pequeno buraco que estava ao pé das raízes de uma árvore.

Eu estava prestando atenção ao que dizia o Naldo quando ele parou de falar e gritou:

– Lipe, não...

PLAFT.

Tudo aconteceu muito rápido! Ao enfiar o graveto na toca, Lipe estava invadindo a casa de uma aranha caranguejeira, que, assustada, saiu da toca e rumou na direção dele.

Graças ao Naldo, que acompanhava todos os nossos movimentos de perto, não aconteceu o pior. Com a lateral da lâmina do facão que estava usando para confeccionar nossos brindes, ele afastou a aranha de perto do Lipe, e, apavorada, ela fugiu e se embrenhou na mata.

– Por sorte foi uma aranha e não uma cobra – disse Naldo. – Se fosse uma cobra e ela tivesse dado o bote, talvez eu não chegasse a tempo.

– O que você me diz disso, Felipe? O que você estava pensando? – perguntou o pai dele, muito bravo.

– Calma, pessoal. Eu tinha tudo sob controle! – respondeu Lipe, com a cor pouco a pouco retornando ao seu rosto.

Ainda estavam todos se recuperando do susto e dava para ver que os pais do Lipe estavam bastante chateados quando ele, então, quebrou o gelo:

– É como eu sempre digo, pai: não tema, com o Lipe, não há problema! – neste momento só os lábios dele permaneciam brancos. Aposto que se fosse uma cobra o Lipe não estaria tão confiante...

– Pois eu estou com as pernas tremendo – disse Manu, assustada. – E você, está rindo de quê, Gigi? – complementou, olhando na minha direção.

– Eu estou rindo do meu pai, que não viu nada porque estava tirando fotos do cipó que solta água. Poxa pai, uma tremenda aranha rastejante e você fotografando um cipó? Se liga, né!

Naldo, então, explicou que não devemos enfiar nada dentro dos furos e buracos que encontrarmos na região, pois, de fato, podem ser abrigos de diferentes espécies de bichos. Porém, se ainda assim quisermos ver o que tem dentro, devemos fazer uma fumaça na boca da toca e nos afastar, para verificar se a toca tem algum "morador"... Irado!

– Mas fiquem atentos, e não vão tacar fogo na floresta, hein? – concluiu Naldo, dando uma boa gargalhada.

4
hora do lanche

A jornada já seguia por quase duas horas e meu estômago começava a fazer barulhos estranhos quando o Naldo anunciou:

– Hora do lanche!

Golpeando uma espécie de coquinho com o seu facão, partiu aquela coisa ao meio, abriu e nos mostrou, dizendo:

– Quem quer provar? Estes são os tapurus. Os tapurus são larvas branquinhas que crescem nos frutos de várias palmeiras, como esse bago do coco babaçu. São colocadas ali por uma espécie de besouro[3] para que possam se alimentar e crescer, antes de virarem novos besouros. São comestíveis, bem limpinhos e ricos em proteínas. Então, quem vai? – perguntou Naldo, e parecia que falava sério! Argh!

– Claro que não! – bradou a mãe do Lipe, seguida da mamãe. Eu e ele ficamos só olhando. Foi quando Naldo continuou:

---
[3] *Larvas do besouro Pachymerus Nucleorum.*

– Pessoal, esta larva é comida em vários estados e é muito gostosa. Olhando assim, ainda se mexendo, pode dar um pouco de nervoso, mas "fritinha" tem gosto de torresmo.

Eu começava a gostar da ideia de provar aquela coisinha e acho que o Lipe também, mas onde iríamos fritar o bicho?

– Olhem, já fiz oito espetinhos, e, se vocês quiserem, o Naldo acende um fogo em três minutos. Quem vai querer provar? – perguntou o guia.

– Tô dentro! – gritamos praticamente juntos eu e o Lipe.

Eu já tinha comido formigas em uma viagem que fizemos a Minas Gerais. Foi em um parque que tinha uma amostra desses insetos, desidratados, para serem degustados. Não achei nada de mais porque, como as formigas estavam bem sequinhas, parecia que eu estava comendo flocos de aveia. Meio sem graça.

As larvinhas, por sua vez, pareciam meio viscosas à primeira vista. Isso não me incomodava tanto quanto o fato de imaginá-las se mexendo em minha boca na hora em que eu as mordesse. Por isso, ia desistir dessa refeição, apesar da fome que estava sentindo. Mas quando o Naldo disse que iria fazer um espetinho e que depois de torradas elas tinham gosto de bacon, eu não resisti:

– Eu e o Lipe vamos encarar.

– Tô junto! – meu pai emendou.

– Se soubesse, tínhamos trazido um "refri"! – disse o pai do Lipe.

– Eu não acredito que vocês quatro vão comer esses bichinhos. E vocês? – indagou minha mãe, dirigindo-se à Clara e à mãe do Lipe.

Bem, na sequência a mãe do Lipe correu da aventura e Clara esperou para ver nossa reação para, só então, decidir. O Naldo demorou menos de dois minutos para acender o fogo. Ele tinha levado um isqueiro, mas disse que sabia acender sem ele, se fosse preciso.

O guia cortou mais de dez coquinhos e juntou várias larvinhas para o banquete.

Depois de bem fritinhas, ficaram uma delícia. Exatamente como Naldo havia dito, com gosto de bacon! Até a Clara e a Manu se animaram e provaram do bichinho. No final, eu e Lipe já estávamos combinando de fazer as larvinhas fritas com farofa de ovos, mas minha mãe e a mãe dele disseram que na casa delas essas larvas não iriam entrar. Fazer o quê? Elas é que perderam!

Enfim, aquelas larvinhas magras não encheram nossas barrigas, por isso pedimos ao Naldo para voltar para a pousada. Ele concordou, pois estava ficando tarde, mas antes queria que voltássemos com a pintura de verdadeiros índios, pois aquele tinha sido o nosso batismo na selva.

Foi então que surgiu com quatro frutas peludas e vermelhas em suas mãos, virou-se para nós e explicou:

– Esse é o urucum, fruto que tem forma de coração, na cor vermelha, e coberto de espinhos. É típico da região amazônica e diversas pesquisas indicam que é ótimo para reduzir o colesterol no sangue. Mas aqui, como vocês não têm problema de colesterol, ele vai servir como o batismo da floresta amazônica.

Dizendo isso, Naldo partiu o fruto de urucum com o facão, esfregou os dedos nas sementes em seu interior e utilizou a tinta vermelha para fazer desenhos tribais em nossos rostos.

– Agora, eu batizo vocês: cacique Felipe, cacique Giovana e cacique Manu, os novos índios da Tribo Urucu.

O que se ouviu a seguir foi a maior gritaria de felicidade pelo passeio, pelas emoções e, principalmente, pelo batismo. Começamos o nosso caminho de volta superexcitados, e esse tinha sido apenas o primeiro passeio. Nem podíamos imaginar o que viria pela frente.

5

focagem noturna

À noite, como prometido, fizemos um passeio de barco para ouvir os sons da floresta amazônica. Naldo e o guia já nos aguardavam no píer, no horário combinado, após o jantar. Colocamos nossos coletes salva-vidas e embarcamos rumo ao desconhecido.

Curiosamente, ninguém havia reclamado dos mosquitos até aquele momento. Todos esperávamos ser devorados por eles. Meu pai, inclusive, havia sugerido nos amarrarmos ao barco, para não sermos levados. Entretanto, não havia razão para isso.

– Naldo – comentou meu pai – estou espantado com a falta de mosquitos por onde andamos. Quando viemos para cá eu achei que esse seria nosso maior problema.

– De fato, quase não temos mosquitos por aqui. Alguém arrisca um palpite da causa para a escassez de mosquitos na beira do rio?

– Já sei! – se antecipou o Lipe – é porque tem muito sapo.

– Não, Lipe. Mas, gostei da sua resposta. Apesar de termos predadores dos mosquitos em abundância, a razão da escassez de mosquitos está no pH da água do Rio Negro, que não permite a proliferação das larvas do mosquito.

– pH? O que é isso? – perguntei de imediato.

– Devem ser as iniciais de Pedro Henrique – respondeu o Lipe, causando diversas gargalhadas dos adultos.

O Naldo esclareceu, em seguida, que o pH é uma unidade de medida que avalia o grau de acidez da água. Em ambientes muito ácidos não há como os filhotes do mosquito sobreviverem. Esse é o caso das águas do Rio Negro. Por isso a falta dos mosquitos.

O trajeto levou cerca de quinze minutos, penetrando entre os igarapés das Anavilhanas. Naldo ia à frente do barco, iluminando as margens do rio com um poderoso holofote.

Por vezes, passávamos bem perto dos troncos das árvores, que entre junho e julho ficam submersas até praticamente a metade. Outras vezes, passamos raspando a cabeça em cipós e troncos caídos. De repente, o guia apagou o motor da lancha e Naldo desligou o holofote. Ficou o maior breu. Não fosse o grito de susto que eu e a Manu soltamos, eu teria achado que tinha ficado cega... E surda!

Naquele momento eu não via nem ouvia nada. Até a floresta estava em silêncio absoluto. Foi então que o Naldo disse:

– Fiquem em silêncio, mas, se tiverem que falar, falem bem baixinho.

Pouco a pouco, fomos nos deslumbrando com a beleza da noite, do rio e do lugar. À medida que nossa visão ia se acostumando com a falta de luz, foi possível ver uma infinidade de estrelas no céu. Muito mais do que conseguimos ver na cidade. O pai do Lipe já tinha lhe ensinado a identificar as constelações e ele estava todo empolgado em nos mostrar o que tinha aprendido. Foi ele quem nos mostrou as Três Marias no céu e, também, o Cruzeiro do Sul. Mas foi o Naldo quem nos apontou as constelações de Escorpião e Orion, que eu nem sabia que existiam[4].

Com o passar do tempo e quanto mais quietos ficávamos, percebemos que a floresta pouco tinha de silenciosa. Em verdade, ela é bem barulhenta! Estávamos assim prestando atenção nos ruídos quando Naldo disse:

– Pessoal, escutem. Na floresta existem animais que têm hábitos diurnos, como as lebres, os gatos do mato, os leopardos, mas também existem os animais de hábitos noturnos, ou seja, que caçam à noite.

– Então, você quer dizer que tem animais que estão caçando agora? – perguntou Clara, já franzindo a testa e fechando seu olho esquerdo, visivelmente preocupada.

– Isso mesmo, Clara – respondeu Naldo, com toda a calma.

– E que bichos têm hábitos noturnos? – indagou Lipe, não contendo sua curiosidade.

– Aqui na floresta amazônica podemos encontrar várias corujas, sapos, algumas cobras e jacarés.

Nem bem tinha terminado a frase, Naldo acendeu o holofote iluminando a margem do rio, jogou o seu foco sobre um bicho e disse baixinho:

– Olhem um jacaré ali!

– Socorro! – gritei, aflita, e abracei a minha mãe.

Naldo havia preparado um clima de tensão só para poder nos mostrar os animais que caçam à noite. Com meu grito o jacaré se escondeu, mas Naldo havia conseguido seu intento, pois levamos o

---

[4] *Para saber mais sobre estas constelações, não tema, aqui não há problema: no final do livro você poderá satisfazer um pouco mais a sua curiosidade.*

maior susto. Depois disso, demos boas gargalhadas.

Dali para a frente, Naldo nos mostrou várias corujas, pequenos jacarés do papo amarelo e alguns lagartos. Meu pai se cansou de tirar fotos, em especial, das pererecas. Muito lindas! Pena que várias delas acabam na barriga das cobras, mas assim é a vida selvagem. Sinistra!

Depois de uma hora reconhecendo os ruídos da floresta, retornamos à pousada. Nós nos reunimos rapidamente no salão de jogos, para um último bate-papo sobre as descobertas e aventuras que havíamos vivido durante esse primeiro dia, e fomos dormir. Exaustos!

Focagem noturna

6 um boto de cor rosa

Nem bem o dia amanheceu e já estávamos prontos para sair. Quando os adultos saíram da cama, já tínhamos tomado café e aguardávamos conversando com o Naldo à beira do rio.

Fomos conhecer um projeto de proteção ao boto cor-de-rosa. Ali, foi possível alimentar os botos de tão pertinho, que eu pude passar a mão em seu corpo, enquanto eles comiam. Este passeio foi muito especial para mim, porque eu tinha acabado de estudar no colégio sobre a lenda que existe acerca dessa espécie de golfinho.

Segundo a lenda, existe um boto cor-de-rosa que tem o poder de se transformar em um belo jovem, vestido de terno e chapéu brancos, nas noites de festa junina. Ele aproveita essa habilidade para ir até as festas e encantar as moças bonitas que se apaixonam por ele e o seguem para namorar na beira do rio.

Quando amanhece, o jovem volta a se transformar no boto, mergulha e desaparece nas águas do rio. Ainda bem que estávamos em fevereiro. Eu é que não queria ver se essa lenda é verdade!

Porém o Naldo nos contou outras coisas, que a gente não aprende no colégio:

– Sabem quem é que mais gosta dos botos cor-de-rosa? – perguntou-nos Naldo, em tom desafiador.

– As "bôtas" cor-de-rosa! – respondeu Lipe sem pestanejar.

– Kkkkk. Provavelmente elas também, Lipe. Mas, quando fiz a pergunta, eu esperava outra resposta.

– Quem, Naldo? Conte-nos logo! Você adora fazer mistério – interrompeu Manu, ansiosa.

– Os pescadores – respondeu ele. – Os pescadores no Rio Amazonas e em seus afluentes gostam muito dos botos porque, segundo eles, os botos ajudam na pescaria e, às vezes, durante as tempestades, eles lhes mostram o caminho de volta para a margem do rio. Por causa disso, sempre que eles encontram um desses botos enroscado em suas redes de pesca, rapidamente o ajudam a se libertar.

Pouco tempo depois, estávamos alimentando os botos oferecendo-lhes peixes diretamente em suas bocas. Irado! Manu e eu aproveitamos para mostrar o que tínhamos aprendido na escola e provocamos o Naldo, sabichão:

– Naldo, você sabia que os golfinhos não são peixes?

– Bem lembrado, Manu. Os botos não são peixes, mas sim mamíferos aquáticos que precisam manter a temperatura do seu corpo. Agora me respondam vocês: esses mamíferos vivem em água doce ou salgada?

– Nas duas, ora essa. A gente sabe que também vivem no mar. Já vimos filmes em que eles até espantam tubarões! – respondeu Lipe, orgulhoso.

– Boa, Lipe! – elogiei meu amigo.

Porém, a informação que mais estranhei daquilo que ouvimos durante a nossa visita foi a de que, depois do homem, os golfinhos são os animais mais inteligentes que existem na Terra.

– Eu sempre achei que fosse o cachorro – falei.

– Não, Giovana. Os golfinhos são mais inteligentes que o cachorro, que os cavalos, macacos ou que qualquer outro animal domesticado. Eles até já desenvolveram uma forma de comunicação própria e conseguem conversar entre si a muitos quilômetros de distância.

Tudo isso me fez pensar se conseguiríamos falar com eles antes de voltarmos para casa, mas não rolou...

Em seguida, Naldo nos levou para visitar uma casa construída sobre as águas do rio.

– Como se chamam essas casas flutuantes, Naldo?

– Palafitas, Manu. Essas casas que eu estou lhes mostrando foram construídas sobre o solo que está submerso e, portanto, não flutuam. Quando a maré baixa, ficam suspensas e, para as pessoas chegarem ao chão, é preciso usar as escadas ou pequenas passarelas.

A palafita que visitamos era igual a uma casa com cozinha, quartos e banheiro, como as nossas, só que ficava sobre escoras de madeira em cima da água do rio. Logo que entramos, o dono da casa nos recebeu com um filhote de bicho-preguiça no colo. Eu e Manu nos apaixonamos na hora. No final da visita a Manu não se conteve, olhou para o pai e pediu:

– Compra um para a gente, pai?

– Kkkkk. Não podemos – explicou Naldo. Fora de seu habitat ele não sobreviveria. Imaginem esse bichinho calmo e tranquilo exposto aos ruídos da cidade. Ficaria estressado e poderia morrer. Aqui é o seu lugar. Aqui é o habitat dele.

Nessa mesma casa, o dono criava uma sucuri em um caixote na parte dos fundos. Ao ver como estávamos assustados, o Naldo foi logo dizendo.

– Fiquem calmos porque não há perigo. Essa sucuri está com eles desde pequena. É praticamente domesticada.

– Socorro! – exclamou mamãe. Detesto cobras.

– A sucuri, em especial, é a maior cobra da Amazônia. Também é conhecida como anaconda e pode chegar a medir até quinze metros.

– E essa aí, Naldo. Quantos metros tem? – perguntou Lipe.

– Essa só tem uns cinco metros. É novinha. Ainda vai crescer bastante...

– Sinistro! Quem é louco de ter uma anaconda como bicho de estimação? – comentei.

Mas o passeio ficou marcado para sempre por causa da fofa da preguiça e dos donos da casa, que foram superlegais por nos receberem e mostrar como vivem no meio de toda aquela natureza.

Um boto de cor rosa

7
piranhas!

De volta à pousada, após tomar banho e jantar, nos reunimos na beira do rio para bater papo e planejar o dia seguinte. Estávamos muito excitados com tudo o que vimos e ouvimos e, naquele estado, seria impossível deitar na cama e dormir. Afinal, dormir para quê?

Depois de recordar diversos momentos do dia, minha mãe nos trouxe uma notícia:

– Amanhã vamos a uma pescaria.

– Oba! Acho que nunca pesquei na minha vida.

– Não é verdade, Manu – interrompeu Lipe –, a gente pescou sim, naquele hotel fazenda na beira de um rio, lembra?

– Ah, Lipe. Aquela vez não conta. A gente era muito pequeno e a isca era do miolo de pão que comemos no café da manhã. Os peixinhos eram mínimos e pareciam de aquário.

Foi então que meu pai, que até então estava quieto ouvindo tudo, entrou na conversa e perguntou para a Clarinha:

– Você se lembra, filha, das pescarias a que a gente assistia juntos no Mirante do Leblon?

– Claro que sim, pai – ela respondeu com um leve sorriso no rosto.

– A gente não sabe dessa história – falei.

– Conta pra gente, Clara? – pediu Manu.

– Onde fica mesmo o Mirante do Leblon? – perguntou Lipe

E, depois de muito insistirmos, ela nos contou que papo era aquele.

– O Mirante é um lugar lindo, que fica na Av. Niemeyer, no caminho para São Conrado. Muita gente fica ali pescando nos finais de tarde, no mar do Leblon. O papai me levava lá, depois de me pegar na escola, antes de ir para casa da vovó, onde ele morava.

– Quantos anos você tinha, Clara?

– Estava com cinco aninhos, Gi. A gente gostava de ficar assistindo às pescarias e apostávamos, entre nós, um pacote de biscoito Globo para quem acertasse aquele que seria o melhor pescador da tarde. Ganhava quem pescasse mais peixes.

– Que é isso, tio? – interrompeu Lipe, indignado – você cobrava o biscoito da Clarinha, quando você ganhava?

– Claro que quem pagava o biscoito era eu, Lipe. Mas quem ganhava era sempre a Clarinha. Ela acertava todas.

– Nem sempre, pai. Teve uma vez que deu empate.

– Como assim? – perguntamos ao mesmo tempo.

– Então, vou contar para vocês: o duelo era entre um japonês baixinho, que eu tinha escolhido, contra um senhorzinho de boné, que tinha sido a opção do papai. Eu já estava ganhando por 2x1, ou seja, o "japonês" já tinha fisgado dois peixes e o "de boné" apenas um. Foi então que os dois pescadores fizeram um movimento rápido com suas varas e, ao mesmo tempo, começaram a puxar a linha do molinete, freneticamente.

– Já sei! Era um sapato – interrompeu Lipe, querendo adivinhar.

– Fica quieto e escute a história, Lipe. Larga de ser chato – cortou a irmã.

– Bem, como eu ia dizendo, parecia que mais uma vez o papai ia perder, mas, como a gente já tinha visto de tudo naquela pescaria, até mesmo uma placa de carro foi pescada, ficou a maior expectativa até o último momento para saber se havia, de fato, um peixe em cada anzol. Se isso acontecesse, eu ganharia por 3x2.

– Fala logo, imã. O que aconteceu?

– Aconteceu o inesperado. Havia apenas um peixe, porém não foi possível identificar de qual pescador, porque as linhas haviam se embolado. Os dois tinham puxado suas linhas ao mesmo tempo e não dava para saber se o peixe era do "japonês" ou do "de boné".

– Bom, mas era só desembolar as linhas e descobrir de quem era o peixe para saber quem de vocês ganhou o jogo.

– Com certeza, Manu. E foi isso exatamente o que eles fizeram. Os dois pescadores sentaram-se no píer e ficaram cuidadosamente desembaraçando suas linhas para ver a quem pertencia o peixe, sem saber que a torcida maior estava bem acima deles, pois eu e o papai aguardamos até quase o anoitecer para saber o final da disputa.

– E...

– O resultado vocês já sabem, não é mesmo? Nós dois seguimos juntos para casa comendo biscoito Globo.

– Que pena que eu não estava lá. Pai, me leva lá um dia?

– Nós também, tio?

– Kkkkk. Levo sim. Vamos marcar. Vai ser muito legal!

No dia seguinte partimos para a pescaria logo cedo. Nossa lancha nos levou para um local apropriado, arrastando a reboque quatro pequenos botes, que poderíamos usar para buscar diferentes locais onde jogar nossos anzóis. Isso somente no caso de não encontrarmos nenhum pescado. Mas não foi preciso.

O Rio Negro está cheio de piranhas! Naquele dia, em pouco menos de duas horas havíamos pescado dezessete daqueles "peixinhos" sem fazer esforço. A cada fisgada era uma nova emoção.

Ainda bem que o Naldo continuava conosco, ou ninguém teria tido coragem de tirar as piranhas do anzol para devolvê-las ao rio. Quando voltamos do programa, fiquei me lembrando das várias vezes que já tínhamos mergulhado nas águas do rio próximas da pousada.

Não sei como tivemos coragem, mas dali para frente, a cada mergulho, imaginava aqueles peixinhos ao meu redor. Será que eles olhavam para a gente pensando que éramos comida? Sinistro!

Estava pensando nisso quando o Naldo olhou para mim e disse:

– Aposto que você está preocupada de ser mordida pelas piranhas quando estiver nadando. Não é isso, Giovana?

– Poxa, Naldo, você agora deu para ler pensamentos?

– Não se preocupe, pois isso não costuma acontecer. Sabe por quê?

– Não! – respondemos os três quase que ao mesmo tempo.

– Porque estamos em um ambiente no qual a natureza se encontra em equilíbrio. As piranhas encontram alimento em quantidade mais que suficiente e não precisam morder a nossa pele grossa para achar o que comer.

– Sei bem o que você quer dizer – interveio a Manu. – Meu pai me falou que em Fernando de Noronha os tubarões também não mordem ninguém pela mesma razão.

– Mas acho que pode ter havido algum mergulhador que não voltou para contar a verdade – emendou o Lipe, com uma risadinha.

– Enfim, para prevenir, seja no Rio Negro ou em Fernando de Noronha, vocês não devem mergulhar se estiverem com algum machucadinho sangrando, pois nesse caso poderão atrair a atenção de algum desses peixes – concluiu Naldo.

Voltamos para a pousada e fomos dormir cedo, logo depois do jantar, porque no dia seguinte iríamos acordar às cinco da manhã para poder ver o sol nascer no meio do Rio Negro. Nessa ocasião o Naldo não poderia nos acompanhar, mas disse que o guia que iria conosco era muito querido por todos, pois tinha nascido e crescido naquela região.

8

o dia em que o sol deixou de nascer

No dia seguinte foi dureza conseguir acordar às quatro da manhã. Acho que foi o dia em que acordei mais cedo na minha vida! Mas para encarar novas aventuras, o esforço valeria a pena. E como!

Fomos alertados para levar um lanchinho, pois nossa travessia de barco até o local de encontro, para ver o sol nascer, levaria quarenta minutos e só iríamos tomar café na volta. Assim, ficaríamos mais de uma hora e meia sem comer nada, o que, para mim, seria impossível.

Pegamos nossas lanternas e passamos correndo no refeitório para carregar nossas mochilas com um breve lanchinho: bananas, maçãs, muiiiitos biscoitos, e ainda aproveitamos para encher nossos cantis com suco de maracujá. YES! Agora podíamos partir.

Às cinco da manhã já estávamos a postos, coletes vestidos e

prontos para partir, na beira do cais. Foi então que conhecemos o novo guia.

– Amigos, este é o Leonardo, ou índio Leo – apresentou Naldo –, como é conhecido na região...

Em seguida um moço novinho, alto, fortão, de cabelos compridos e muito bonitos estendeu a mão e cumprimentou cada um de nós, dizendo:

– Muito prazer. É muito bom poder acompanhá-los nesse passeio. – E, franzindo a testa, continuou: – Espero que tenhamos sorte, pois somente se o vento mudar poderemos ver um lindo sol nascente hoje.

– Poxa! Você acha que vai chover? – perguntou Lipe, ainda morrendo de sono. – Levantei da cama à toa?

– Sim, pequeno Lipe, hoje vai chover muito – o índio Leo resumiu, em poucas palavras, o que estava por vir.

Partimos em direção ao desconhecido, torcendo para o vento mudar. No caminho, o índio Leo estava tranquilo e foi conversando conosco, querendo saber um pouco de cada um. Perguntou onde estudávamos, o que gostávamos de fazer, se estávamos gostando do Amazonas e que passeios já havíamos feito.

– Então... o que eu mais gostei foi da pesca de piranhas.

– Eu também, Lipe. Foi irado!

– Eu achei irado na hora, mas depois... estou cheia de medo para entrar na água de novo – explicou Manu.

– Não precisa se preocupar – disse o índio Leo –, só não deve entrar na água se estiver com machucados que possam sangrar.

– Ah, lembrei! Também gostamos muito do bicho-preguiça. Eu até queria levar ele para casa, mas papai não deixou – contou Manu, o que fez o índio Leo sorrir com o canto da boca.

Assim, o caminho até o ponto de encontro transcorreu alegre e tranquilo, apesar de toda aquela escuridão. Apenas o holofote controlado pelo índio Leo iluminava o caminho à frente. Até que um clarão se abriu e, enfim, chegamos à parte mais larga do rio.

O piloto da lancha reduziu a velocidade e se preparou para jogar a âncora. Aparentemente havíamos chegado ao ponto de encontro e o céu estava coberto por nuvens pesadas e escuras.

Não dava para se ter a menor ideia de que lado o sol iria nascer. Fez-se um silêncio profundo e todos nós olhamos para o Leo para ver qual seria a próxima instrução. E esta não podia ter sido pior.

Quando a âncora desceu e o barco parou de ser balançado pelas ondas do rio, o Leo ergueu o braço e girou a mão esticada para a direita, depois a girou para a esquerda. Parou por alguns segundos e prestou atenção nos sons da floresta. O que ouviu e viu foi uma série de pássaros voando assustados e fazendo muito barulho. Nesse momento, ele abaixou o braço e disse ao piloto da lancha:

– Hoje o sol não vai nascer no Rio Negro. Uma tempestade tropical se aproxima. Precisamos retornar rapidamente.

– Babou! – falei baixinho enquanto todos se lamentavam. Afinal, só hoje seria possível fazer esse programa.

– Mas vai chover o dia todo? – perguntou a Manu, já se lembrando de que na pousada não havia TV, nem sinal de internet...

– Não, pequena Manu. A tempestade não vai durar muito. Mais tarde o sol voltará a brilhar.

– Uhu! Então vamos mergulhar no rio – replicou Lipe, abrindo rapidamente um largo sorriso no rosto que, contudo, amarelou quando o Leo completou:

– Primeiro precisaremos passar pela tempestade. – Dito isso, notei que um profundo silêncio tomou conta do barco.

A viagem de volta não foi nada agradável. A única coisa boa é que agora não dependíamos da luz do holofote da lancha. O dia já tinha se apresentado, porém estava escuro, frio e tenebroso. Dez minutos depois de iniciado nosso percurso de volta à pousada, a tão anunciada tempestade tropical havia chegado. E chegara com tudo!

KABRUM!

A chuva estava muito forte! Cada gota, sozinha, dava para encher um copo de geleia. Se Zeus é de fato o deus dos trovões, naquele dia o sinal da internet na nuvem dele tinha caído, ou então tinham falado mal dele no facebook. Porque o fato é que ele estava furioso!

Zeus havia jogado seus raios para todos os lados. O céu parecia um tabuleiro de xadrez, todo recortado por raios e trovoadas. Eu estava apavorada e, para piorar, o Lipe falou, tipo "baixinho", para todo mundo ouvir:

– Se continuar a chover assim aqui dentro do barco, já já ele afunda...

– Pior são esses raios. Se cair um na gente, meus cabelos vão ficar em pé – completou Manu. Em seguida, pudemos ouvir Leo apontar uma direção e dar o comando:

– Vire à direita. Rápido! Daqui a alguns metros haverá uma abertura entre a vegetação e os troncos das árvores. Lá será possível nos abrigarmos até a tempestade passar.

Dito e feito. Navegamos por cerca de cinco minutos e encontramos o tal abrigo. Na verdade, tratava-se de um corredor que atravessava uma das ilhas ao meio.

Como as árvores eram muito altas, lá em cima suas copas se entrelaçavam formando uma espécie de túnel. Suas folhagens, tão espessas e densas, praticamente bloqueavam a água da chuva.

Desta forma, foi possível aguardar, esperando a chuva passar, observando os raios e trovões caindo. Não sabíamos quanto tempo iríamos ficar ali. Segundo Leo, não seria muito. Minha preocupação era com os itens de primeira necessidade. Naquela altura do passeio, meus mantimentos estavam reduzidos a uma banana e um biscoito maisena. O suco já tinha acabado. Ainda bem que o Lipe, muito fofo, tinha me dado uma pera dele, senão nem sei!

Quinze minutos de espera e, de repente, o céu se abriu. Como em um passe de mágica! O sol passou triunfante por entre as nuvens e foi possível retomar nosso caminho de volta à pousada. Acho que o sinal da internet tinha voltado lá no Olimpo porque, finalmente, Zeus parecia ter se acalmado.

9
as provas do índio Léo

 Passado o susto, o que fazer? Primeiro, um delicioso café da manhã à base de frutas, iogurtes, ovos mexidos, tapioca com queijo coalho, suco de frutas e bolos, muitos bolos.

 Depois de comer tanto, não dava para ir mergulhar no rio. Precisávamos fazer a digestão, e nada melhor do que treinar arco e flecha com o nosso novo amigo: o índio Leo. Afinal de contas, quem seria melhor instrutor do que um autêntico indígena da Amazônia para nos ensinar a arte de atirar flechas?

 Atrás da pousada havia uma área específica para a prática do arco e flecha. Ficamos por lá uma boa parte da manhã. Lipe e Manu eram muito bons e quase sempre acertavam no alvo. Clara e eu nem tanto. Às vezes, nossas flechas tinham que ser buscadas no meio da mata. Algumas eram arremessadas tão longe, que duas delas se perderam para sempre!

De volta à pousada, Manu resolveu perguntar ao Leo se ele era índio de verdade. Foi então que ouvimos a história mais sinistra da viagem toda!

– Sim, Manu. Sou um "índio de verdade". O primogênito de uma longa linhagem de índios guerreiros de minha tribo.

– Primo de quem?

– Primogênito Lipe, que quer dizer o filho mais velho, do cacique de uma antiga tribo indígena da Amazônia.

– Mas você não tem nada de selvagem. Se veste até bem bonitinho, eu diria.

– Gigi, olha o respeito! – interrompeu Clara.

– Só estava elogiando.

– Não tem problema, pequena Giovana. Eu gostei do elogio. Acontece que, embora os índios de minha tribo tenham tido contato com os seus costumes, eles ainda mantêm os principais hábitos de nossos antepassados. Vivem da caça, pesca, plantam e retiram da natureza tudo aquilo de que precisam para comer.

– A sua tribo é grande? Quem é que manda lá?

– Não, Lipe. Não muito. Além do meu pai, que já morreu e era o cacique, hoje o índio mais importante da tribo é o meu avô. Ele é o pajé da tribo, que é uma espécie de curandeiro. Um índio com grande sabedoria, que conhece a cultura do povo e é o responsável por passar o conhecimento de nossos ancestrais para os índios mais novos. É ele quem tem contato com o plano espiritual e faz os rituais religiosos, principalmente de cura.

– Então você é neto de pajé e filho de cacique? Irado!

Aquele papo tinha aguçado a nossa curiosidade, e a Manu resolveu romper o silêncio. Tomou coragem e perguntou aquilo que estávamos doidinhos para perguntar:

– Leo, posso te perguntar uma coisa?

– Fiquem à vontade para perguntar o que quiserem – respondeu ele, alegre com o nosso interesse.

– O que você está fazendo aqui? Seu lugar não deveria ser junto dos outros índios da sua tribo? Se o seu pai morreu, você não deveria ser o novo cacique?

– Suas perguntas são muito boas, jovem Manu. Você é muito esperta! Pois bem, de fato eu deveria ser o cacique de minha tribo. Desde que nasci meu pai me treinou e conduziu minha educação para que eu herdasse todo o conhecimento dos meus ancestrais. Ele esperava que, um dia, eu fosse o responsável por repassar esse conhecimento para as novas gerações.

– Como assim? Você não vai? – perguntei.

– Ocorre que nem sempre os sonhos dos nossos pais são os mesmos sonhos que os filhos acalentam. No meu caso, o meu sonho sempre foi poder viajar para conhecer outros povos e outros lugares no mundo.

– Xiiii, aí babou! – Lipe já havia antecipado o que ele ia dizer.

– Eu sempre desejei estudar a história e a evolução dos povos. Mas meu pai confundiu esse meu anseio com covardia. Para ele, eu tinha inventado uma história para poder estudar fora da Amazônia.

– E por que você faria isso?

– Por medo, pequeno Lipe. Por medo de enfrentar as provas de coragem que um futuro chefe da minha tribo tem que superar.

– E que provas são essas?

– A primeira prova consiste em suportar a dor causada pela aplicação de duas gotas de pimenta da murupi da Amazônia em cada olho. O índio que é submetido a essa prova não pode demonstrar dor por cinco minutos. Somente depois de passado esse tempo ele poderá lavar os olhos.

– Aiiii – gemi baixinho.

– Essa é mole – falou Lipe, todo metido. – Manda outra.

– A segunda prova do futuro cacique consiste em atravessar uma trilha de dois metros, calçada com pedras incandescentes.

– De sapatos?

– Não, Felipe. Infelizmente, descalço. A terceira e última prova: o futuro cacique deve enfiar o seu braço em uma colmeia de abelhas nativas, para colher favos de mel que sejam suficientes para encher uma cabaça média.

– Uiii! – agora foi a Manu que não aguentou de nervoso.

– Ainda bem que você não precisou fazer isso, não é mesmo? – disse eu, aliviada. Leo balançou a cabeça negativamente.

– Em verdade, pequena Giovana, eu cumpri as três provas, pois queria mostrar ao meu pai que não se tratava de uma questão de coragem e, sim, de convicção.

– O que é convicção?

– Convicção é quando se tem certeza de alguma coisa, pequena Manu. Dessa forma, eu provei ao meu pai que eu tinha a certeza de que o meu lugar não era na tribo. E sugeri que meu irmão assumisse a responsabilidade de ser o cacique.

– Caracas! – gritou Lipe. – Mandou muito bem! E ele fez isso? Você ficou com alguma marca das provas?

– As cicatrizes irão sumir. Meu pai, infelizmente, não teve tempo de preparar meu irmão, pois morreu poucos dias depois, ao ser picado por uma cobra. Entretanto, o mais importante é que, hoje, eu posso trabalhar na pousada. Pretendo guardar algum dinheiro e, um dia, poderei realizar meu desejo de estudar fora daqui e conhecer outros lugares.

Surpreendente a história dele. Ficamos todos boquiabertos. Ainda conversamos mais um pouco sobre os costumes da tribo, depois achamos que era hora de mergulhar no rio e lá fomos nós.

Estávamos com o traje de banho por baixo da roupa. Logo depois que tirei minha blusa e comecei a tirar a calça, Leo viu alguma coisa em minhas costas que o deixou muito esquisito. Então me perguntou:

– Pequena Giovana, o que é isso em suas costas?

Ouvindo isso, comecei a gritar:

– Lipe, Lipe, deve ser um bicho, tira esse bicho daí! – e comecei a pular igual a um sapo.

– Calma! – acudiu Lipe. – Ele está falando da sua marquinha de nascença.

– Ah, bom! Ainda bem. Eu nasci com este sinal nas costas. Ele está muito grande?

– Veja isso, pequena Giovana – disse Leo, levantando parte da perna direita de sua calça.

Para nosso espanto, Leo tinha uma marca de nascença igualzinha à minha, só que maior.

– Ih! Você tem um sinal igual ao meu. Sinistro!

– Pequena Giovana, depois do almoço, eu gostaria de levá-la para conhecer o meu avô, o pajé de minha tribo – Leo disse, muito sério. – Acho que ele tem uma coisa para lhe entregar.

– Como assim? Ele já me conhece? – perguntei, interessada.

– De certa forma, sim.

– Esta coisa que ele vai me dar é de comer?

– Poxa Gigi, você só pensa em comida? Nunca vi! – falou, brava, minha amiga Manu. Mas, antes que eu dissesse alguma coisa, Leo

As provas do índio Leo   57

respondeu.

– Não, não é de comer. Mas é uma coisa muito bonita. Tenho certeza de que você vai gostar.

Achei muito legal conhecer o misterioso pajé da tribo do Leo. Assim, combinamos de pedir permissão aos nossos pais para seguir com ele depois do almoço. Se eles deixassem, iríamos os três conhecer o pajé Kolomona, que na língua Tupi quer dizer: aquele que vive em paz. Irado!

10
O presente do Pajé

Nós praticamente engolimos o almoço, de tão ansiosos que estávamos para conhecer o pajé. Meus pais e meus tios deixaram a gente ir à casa dele desde que a Clara nos acompanhasse. Sempre atenciosa, ela não hesitou em nos acompanhar. Achamos ótimo, afinal, não sabíamos em que toca morava o tal pajé. Seguimos de jipe com Leo e o Naldo por uma estrada de barro no meio da floresta. Por vezes foi preciso parar o carro e remover alguns galhos caídos que impediam o caminho, mas, cerca de uma hora depois, alcançamos um vilarejo.

O lugar tinha aspecto bem simples. Ficava no meio de um clarão aberto na floresta, com várias choupanas de palha formando um grande círculo. O Naldo parou o jipe e Leo anunciou que havíamos chegado ao vilarejo onde morava o pajé Kolomona.

– Peço que aguardem aqui enquanto vou ter com meu avô – disse ele, e se dirigiu a uma grande choupana que ficava mais próxima da margem do Rio Negro.

– Vai "ter" o quê? – perguntou Lipe.

– Ele quis dizer que vai conversar com o avô – explicou Clara.

– Puxa! Pensei que pudesse "ter" um lanchinho. Esta viagem me deixou faminta.

– De novo, Gi? Você come sem parar! – falou Manu.

BURP!

– Que barulho horroroso, Lipe. Não acredito que foi o seu estômago!

– Desculpe, Manu, mas confesso que eu também estou com fome – respondeu Lipe em meio a um sorriso maroto.

Pouco tempo depois Leo veio até a porta e fez um sinal para que o seguíssemos. Naldo disse que nos aguardaria no jipe, porque não haveria muito espaço lá dentro. Entretanto, podíamos ficar tranquilos, pois o pajé era um homem muito bom. Entramos na choupana e estávamos bem no centro do que parecia ser a sala quando saiu um senhorzinho de dentro de um quarto, cantando um cântico superestranho:

– Aioooooo, ai, ai, ai, ai, Aiooooooo, ai, ai, ai, ai...

Lipe se colocou na minha frente em uma posição que parecia de ataque, de algum tipo de arte marcial. Quase caí na gargalhada, mas, em vez disso, respirei fundo e perguntei:

– Lipe, desde quando você luta artes marciais?

– Desde agora. Vi isso na TV. Fique atrás de mim que não vou deixar ele te fazer mal.

Ai, gente... Gamei! Que máximo! Será que o Lipe gosta de mim? Estava pensando nisso quando Leo prosseguiu:

– Pequeno Lipe, não tenha medo. Meu avô não fará mal a

ninguém. Ele apenas não fala a língua de vocês, por isso terei que conversar na nossa língua de origem.

– Pronto, Felipe, não seja mal-educado com o pajé Kolomona, senão ele não vai dar o presente da Gigi – retrucou Manu, já enfezada com o irmão.

– Mas, afinal, o que viemos fazer aqui se não pudermos conversar com o pajé? – perguntou Clara, franzindo a testa e fechando seu olho esquerdo.

– Bem, Clara – prosseguiu Leo –, hoje à tarde contei para sua irmã o que me fez desistir de seguir a tradição da tribo. Deixei de assumir a minha condição natural, que seria a de cacique da tribo, quando meu pai morreu, picado por uma cobra, em uma caçada.

Nesse momento, Leo parou e começou a falar em uma língua muito estranha com o avô dele, que depois de ouvi-lo disse algumas palavras e baixou a cabeça.

– Desculpem, mas quis manter meu avô a par de nossa conversa e saber dele se poderia lhes falar do poder dos cristais místicos.

– Do que você está falando? É isso que eu vou ganhar de presente? – interrompi, empolgada.

– Tenha calma, pequena Giovana – Leo retrucou, paciente.

– Desculpa. Nem sei o que você quis dizer com místicos, mas, se os cristais têm poder mesmo, amei! Será que eles podem fazer aparecer um sundae de chocolate na minha frente?

– Talvez possam fazer bem mais do que isso – respondeu ele. – Ninguém sabe ao certo a origem dos cristais místicos ou qual a extensão do seu poder. A história que vou lhes contar foi passada ao meu avô pelos seus ancestrais e transmitida a mim, na qualidade de primogênito e futuro cacique da tribo. Se não tivesse declinado desse direito, eu seria o atual responsável pela guarda dos cristais místicos.

– Mas, enfim, qual é o poder desses cristais? – perguntou Lipe. – Onde eles estão?

– Meu avô está guardando-os, Lipe. Como pajé, durante muitos anos meu avô utilizou o poder dos cristais para auxiliar na cura dos índios da tribo. Os cristais, quando são colocados sobre determinados pontos do corpo, costumam ajudar na cura de diferentes males. Assim acontece com os cristais de âmbar, ágata e ametista, entre outros[5].

– Mas por que o pajé Kolomona vai dar essas pedrinhas para a Gigi, Leo? A gente não pode dividir os cristais irmãmente? – perguntou Manu, com muita razão, afinal, achei falta de gentileza com meus amigos só eu ganhar um presente. Já ia brigar quando ele disse:

– Não fique chateada, jovem Manu. Eu receberia a guarda dos cristais místicos porque nasci com a marca do guardião. – Dizendo isso, ele mostrou a marca estranha que trazia em sua perna direita.

– Ué! É igualzinha à marca da Gigi – falou Clara, espantada.

– Isso mesmo. Nós dois trazemos conosco a marca dos guardiões.

– E o seu irmão, que hoje é o cacique da tribo, por que ele não assumiu essa missão? – perguntou Clara.

– Meu irmão não nasceu com a marca do guardião. Diante disso, o conselho da tribo se reuniu e decidiu que meu avô permaneceria com a guarda dos cristais místicos. Faria isso até que um sinal dos ancestrais fosse dado ao conselho da tribo.

– Que conselho é esse, Leo? – quis saber Lipe.

– O conselho da tribo é formado por cinco anciãos, que são os índios mais velhos e sábios da tribo. Algum tempo depois dessa reunião, em uma noite fria de inverno nas Anavilhanas, o sinal foi

---

[5] *Para saber mais sobre as características dos cristais achados por Gigi, não tema, aqui não há problema! Uma relação de cristais e suas propriedades podem ser consultadas ao final deste livro.*

trazido pelos ancestrais. Os cinco anciãos tiveram o mesmo sonho, no qual eram avisados de que os cristais deveriam ser entregues a uma jovem menina, de olhos mais escuros que pérolas negras, que seria trazida à tribo pelas mãos do exilado. Além disso, essa menina traria consigo a marca do guardião.

Um silêncio profundo tomou conta da choupana, até ser quebrado pela voz rouca da minha irmã, que, me imitando, disse: sinistro!

Todo mundo olhou para mim e pediu para ver a tal marquinha que sempre tive nas costas. Eu atendi, levantei a camisa e mostrei as costas nuas. Naquele momento o pajé se retirou do ambiente em que estávamos, cantando alguma coisa na língua dele, e sumiu para dentro de um quarto.

O índio Leo continuou sua explicação e disse que aquele sinal tinha a forma da "Cruz das Fadas", também chamada por alguns de "Pedra das Fadas". Quem tem um desses cristais é capaz de sentir uma energia poderosa, que vem dos quatro elementos presentes na natureza: a água, a terra, o fogo e o ar. Por isso, a Cruz das Fadas é considerada um poderoso talismã.

Uma coisa que Leo falou, em especial, nos deixou boquiabertos. Ele disse que esse cristal também pode ser usado para conectar o nosso plano com outros. Inclusive com outros mundos ou com outro tempo. Irado!

Eu estava pensando, comigo mesma, se o poder da Cruz das Fadas seria capaz de me fazer viajar no tempo. Mas Leo jogou uma ducha de água fria em meus planos ao dizer:

– Infelizmente, o conjunto dos cristais místicos não está completo e o seu poder foi comprometido. Eu, meu avô e agora você, pequena Giovana, possuímos a marca dos guardiões e devemos cuidar para que os cristais permaneçam juntos até que o seu número original esteja completo.

– E quantos são? – perguntei, curiosa.

– Vinte e cinco. São vinte e cinco cristais místicos, porém hoje só existem vinte. Eu e meu avô acreditamos que você foi a escolhida para acolher e recompor o número original destes cristais. Enquanto isso, você deverá fazer bom uso dos poderes dos cristais. Combinados três a três, os cristais liberam o poder dos elementos, que está na Cruz das Fadas que você traz consigo.

– Como assim? Como eu vou fazer para liberar esse tal poder dos elementos?

– No devido tempo você será intuída pelos ancestrais, que sempre estarão ao seu lado, e saberá invocar o poder que lhe foi transferido. Seus anseios serão satisfeitos, desde que sejam puros e que a auxiliem na busca dos cristais místicos.

Pirei! Mesmo sem entender o que ele quis dizer com "invocar" ou com aquela história de "combinar os cristais três a três". Só pensava na responsabilidade que aquele índio estava me passando.

O Lipe adorou a história de eu ser guardiã. A Manu queria dividir os cristais comigo, porque ela achou aquelas pedrinhas muito "lindinhas". E a Clara, bem, ela não pareceu acreditar muito na história do índio. E disse que apostava que era alguma cena combinada com a pousada para que os visitantes sentissem um ar de mistério naquele passeio.

O fato é que, além das belezas do Amazonas, agora também tínhamos um mistério. Onde encontrar os cristais? Sentia que eu tinha ganhado uma importante missão. Mas por onde começar?

11
no rastro dos cristais mágicos

Naquele dia, o pajé Kolomona e Leo me entregaram um saquinho de couro, com os vinte cristais místicos. Deu para ver a emoção nos olhos dos dois quando fizeram aquilo.

Eu confesso que também fiquei bem emocionada. Senti todo o meu corpo tremer quando encostei minha mão nas pedras que estavam dentro do saquinho. Foi como se uma onda de calor percorresse meus braços e se concentrasse no sinal que trago em minhas costas. Irado!

No caminho de volta para a pousada, por mais que eu disfarçasse, Lipe e Manu percebiam minha aflição. Então, para dividir um pouco a pressão, logo que chegamos à pousada eu os chamei ao meu quarto e dei duas pedras para cada um guardar para mim.

Naquele momento, eu dividi com meus melhores amigos a responsabilidade pela guarda e recuperação dos cristais. De certa forma, o Lipe e a Manu acabavam de se transformar nos mais novos guardiões dos cristais místicos da tribo do índio Leo.

A Manu escolheu um cristal vermelhinho e outro azul. Fiz o mesmo com o Lipe, que escolheu um cristal preto e outro verde. Assim, eu passei a me sentir um pouco mais calma, e a partir daquele momento nós três estávamos com a responsabilidade de completar os vinte e cinco cristais místicos.

Nossa viagem ao Amazonas acabou no dia seguinte. Quando voltávamos de avião para o Rio de Janeiro, o Lipe me fez uma pergunta que de início pareceu maluquice, mas, no final, fez muito sentido:

– Gigi, seu pai é índio?

– Claro que não, Lipe! Você já viu algum índio branco de olho verde? – respondi, sem entender aonde ele queria chegar.

– Então sua mãe deve ser índia! Ela tem olho preto e meio puxadinho. Aliás, quem disse que índio não pode ter olho verde?

– Não entendi, Lipe. Seja claro e me diga logo: aonde você quer chegar?

– Prestem atenção. Para a Gigi trazer com ela um sinal que só os índios da tribo do índio Leo passavam de pais para filhos, algum antepassado da Gigi devia ser índio. Só assim a marca da Cruz das Fadas seria passada aos seus descendentes, até chegar à Gigi.

Babou, eu pensei. Não é que o Lipe estava com a razão? Será que alguém na minha família tinha esse sinal e eu nunca havia percebido? Meu pai e minha mãe não tinham, mas meus avós...

De volta para casa, a primeira coisa que fiz foi pedir à minha mãe para me deixar dormir na casa da vó Magda no final de semana seguinte. Disse a ela que estava morrendo de saudades. Na verdade, para obter ajuda e desvendar o mistério que cercava meus antepassados, nada melhor que consultar as minhas avós.

A vó Magda é a mãe da minha mãe. Eu queria falar com ela porque sei que ela nasceu em Goiânia. Como lá é mais perto do Amazonas do que o Rio de Janeiro, pode ser que um índio da Amazônia tenha ido morar em Goiânia, e aí...

Além disso, minha avó é toda esotérica. Dá aulas de Yoga, Reiki, pinta o cabelo de vermelho, e eu já vi um monte de pedrinhas coloridas espalhadas pela casa toda. Por isso eu sabia que poderia obter com ela a resposta para várias perguntas.

No final de semana seguinte lá estava eu, com o saquinho dos cristais místicos na mochila, ansiosa para desvendar o mistério.

Depois de contar como foi o nosso passeio e tudo de bonito que vimos na Amazônia, falei para a vovó que conhecemos um índio de verdade, que ele nos contou umas histórias incríveis. Assim, iniciei minha pesquisa perguntando de cara:

– Vó Magda, a gente tem algum antepassado que foi índio?

– Que eu saiba, não, Gigi. Por quê?

– É que eu estive pensando. Se antigamente, quando o Brasil foi descoberto, os índios viviam espalhados por toda a parte, a gente pode ter tido um antepassado que era índio.

– Sim, Gigi. Olhando por esse lado, você está certa. Mas, até onde sei, meus antepassados são de Goiânia e os de seu avô são de São Paulo.

Essa informação me deixou desanimada, mas, de toda forma, prossegui com minha investigação.

– Então, vó. Olha que legal! Eu ganhei isto do meu novo amigo, o índio Leo – e lhe mostrei o saquinho com os cristais místicos.

Minha avó pegou o saquinho em suas mãos, ficou segurando em silêncio por alguns instantes e depois o abriu. Seus olhos ficaram iluminados. Um sorriso enorme se estampou em seu rosto e ela fechou os olhos. Permaneceu assim por mais algum tempo. Eu já estava ficando preocupada quando ela abriu os olhos e disse:

– Que lindo presente você ganhou, Gigi. Quem lhe deu isso confiou a você um bem muito precioso. Esses cristais estão carregados com energia boa, capaz de ajudar na cura, no equilíbrio e no bem-estar das pessoas. Esse cristal aqui é a kunzita – disse, segurando uma pedra meio rosa. – Muito usada para ajudar pessoas nervosas a se acalmar e encontrar equilíbrio emocional.

– É isso mesmo, vó, foi isso que o índio Leo nos falou – e prossegui ansiosa: – Ele também falou que, além da cura para diferentes males, eles podem ajudar em "viagens do astral" ou na "volta do tempo". Isso é verdade?

– Sim e não, Gigi.

Minha avó me explicou que somente alguns cristais específicos detêm as propriedades necessárias para auxiliar na viagem astral. Também podem ajudar no que ela chamou de regressões temporais, que eu entendi como viagens ao passado. Mas, para isso, ela teria que ver se estes cristais estavam no saquinho de couro.

Ela pegou o saquinho em suas mãos e virou seu conteúdo em cima da mesa da sala. Depois de analisar cristal por cristal, concluiu:

– Olhe, Gigi. Não vejo a turmalina entre seus cristais. Esse seria, em minha opinião, o cristal mais importante para se levar em uma viagem astral. Também não vejo a Cruz das Fadas, que é muito poderosa em conexões com o passado.

Pensei um pouco e não desanimei, porque, afinal, havia deixado quatro cristais com os guardiões Lipe e Manu. Quem sabe não seria um daqueles?

– Como é essa tal de "turma linda"? – perguntei, ansiosa.

– A turmalina é um cristal muito bonito, que pode ser encontrado em diversos tons de verde. Já a Cruz das Fadas...

Quando ela ia falar como se parece a Cruz das Fadas eu a interrompi, dizendo:

– Essa eu já sei, vó, olha ela aqui. – E lhe mostrei a marca que trazia nas costas.

– Ih, Gigi. Sempre vi este seu sinalzinho, mas nunca fiz nenhuma relação dele com a figura da Cruz das Fadas, afinal, ele era tão pequenino. Mas, agora que você cresceu, olhando bem, parece mesmo! Como é que você descobriu? Foi olhando no espelho?

– Na verdade, vó, foi o índio Leo quem me falou. Tem mais algum cristal faltando, que seja importante para fazer essa tal "viagem do astro" no tempo?

– Gigi, não se trata de uma "viagem do astro" e, sim, de uma viagem astral. Bem, eu acho que seria importante contar com o poder da sabedoria e do ritual mágico que possuem as águas-marinhas. São cristais de um azul bem bonito em forma de gotas. Mas esse também não tem aqui no seu saquinho.

Não deixei transparecer o meu desapontamento porque precisava verificar se esses cristais não tinham ficado com o Lipe e a Manu. Assim, continuei a pegar as aulas com minha avó e fiz uma lista de pedras que não havia no saquinho dos cristais místicos, tentando imaginar quais deles estariam faltando.

Porém, uma coisa muito estranha eu descobri naquele dia. Entre os cristais do saquinho havia três que a minha vó não conseguiu comparar com nada que ela já tivesse visto. Nem mesmo consultando alguns livros empoeirados que ela guardava na sua estante foi possível encontrar algo semelhante.

Apesar disso, saí da casa dela com mais respostas do que perguntas, e cada vez eu ficava mais animada com o rumo que as coisas estavam tomando.

No rastro dos cristais mágicos

12 mistérios

Na semana seguinte eu repeti a estratégia que utilizei para ir para a casa da Vó Magda e pedi à minha mãe para me deixar dormir na casa da vó Olga. Mais uma vez segui com minha mochilinha nas costas, levando meu saquinho com os cristais místicos. Depois de contar a ela como tinha sido fantástica nossa viagem ao Amazonas, comecei a fazer perguntas sobre os meus antepassados:

– Vó, eu tenho algum parente índio na família?

– Só se for pelo lado do avô de seu pai – respondeu ela, com um risinho de canto de boca. Depois, continuou:

– Eu sempre falei que seu rosto tinha traços de índio!

Minha avó me contou que, pelo lado dela, a família veio de Belo Horizonte, cidade de Minas Gerais. De lá é que vem minha prima Ju, de quem tanto gosto. Mas, pelo lado da família do meu bisavô e da minha bisavó, todos vieram de Belém do Pará.

Pronto! – pensei. Agora estou chegando perto, afinal, a Amazônia está colada no Pará, que também está cheia de índios. Quem sabe algum antepassado meu namorou alguém da daquela tribo de índios da Amazônia e aí... Precisava prosseguir com a investigação.

– Vó, você já viu algum desses cristais antes? – Perguntei e mostrei-lhe o conteúdo do saquinho de couro.

– Que lindo! Iguais a essas eu nunca tinha visto. Quem te deu?

– Lá na Amazônia nós conhecemos um índio muito legal, que me deu esse saquinho. Mas ele me disse que nesta coleção estão faltando cinco cristais e eu não sei quais são. A vó Magda me disse o nome de alguns dos cristais que estão faltando. Eu anotei e vou tentar completar a coleção.

– Olha, Gigi. Sabe quem tem uma pedra dessas? Sua mãe.

– Como assim, vó?

– Há muitos anos, eu fiz um colar com uma pedra dessas e dei para sua mãe, como presente de noivado. Na verdade, eu havia ganhado esse cristal da sua bisavó, mãe do seu avô, no dia do meu noivado. Naquela ocasião, lembro-me de que ela pediu para manter o cristal na família. Sendo assim, fiz um presente e dei para sua mãe.

– Vó, que legal! Acho que sei de que pedra você está falando. Já vi a mamãe com esse colar muitas vezes. Como foi que a bisa ganhou este cristal? Você sabe se ela tinha outros?

– Não faço a menor ideia de como ela ganhou as pedras, mas sei que ela tinha mais uma.

Minha avó me contou que a bisa tinha planejado dar aqueles dois cristais para as filhas que viesse a ter. Entretanto, como só teve um filho, que é o meu avô, resolveu dar os cristais para a minha avó, no dia de seu casamento com o seu único filho.

Vó Olga, então, deu um cristal para minha mãe, no dia do seu noivado. O outro cristal ela pediu ao meu pai que guardasse para presentear sua primeira filha, quando ela completasse quinze anos. Ou seja, a Clara devia estar com o outro cristal.

Enfim, parecia que os cristais tinham dado a volta ao mundo, mas agora estavam bem perto de mim. Precisava chamar os demais guardiões para contar a eles o que eu havia descoberto. Também precisava falar com minha mãe e minha irmã para saber se elas guardaram os cristais que ganharam. Por fim, deveria juntar todas as peças desse grande quebra-cabeça. Irado!

Ao chegar em casa, fui correndo procurar minha mãe.

– Mãe, cadê aquele colar de pedra azul-marinho que você costuma usar sempre que está ansiosa?

– Quando? Que colar é esse, minha filha? – respondeu minha mãe, sem entender nada.

– Aquele que minha vó te deu no dia do seu noivado – respondi, aflita.

– Ah! Sei qual é. Mas como é que você sabe que ganhei no dia do meu noivado?

Precisei contar a ela tudo que conversei com a vovó, senão ela ia ficar fazendo uma pergunta atrás da outra.

Minha mãe me disse ter percebido que o colar a deixava mais calma e confiante quando um dia o colocou antes de fazer uma entrevista de emprego, muitos anos atrás. Desde então, sempre que se sente insegura para enfrentar alguma situação nova, ela usa o colar. Ele virou uma espécie de talismã que lhe traz paz e coragem.

Ela, então, foi até a cabeceira da cama, abriu a gaveta e tirou de lá uma caixa de madeira, muito bonitinha, com alguns detalhes entalhados. Abriu e retirou o colar de dentro da caixinha. Estendeu as mãos para me entregar, mas antes recomendou:

– Sua irmã já ganhou um cristal de seu pai. E eu estou te dando esse. Trata-se de uma água-marinha que, agora, é sua. Cuide com muito amor e carinho.

Quando peguei o colar em minhas mãos, mais uma vez senti uma forte onda de calor percorrer todo o meu braço e chegar à marca da Cruz das Fadas. Respirei fundo, agradeci e dei um forte abraço na minha mãe. Saí do quarto dela e comecei a pensar nos próximos passos. Agora faltava encontrar apenas quatro cristais.

Precisava achar a Clara. Praticamente, uma missão impossível. Desde que ela comprou o seu carrinho e começou a faculdade, está sempre indo ou vindo de algum lugar.

Por sorte consegui falar com ela ao celular e combinamos de jantar em nossa casa naquela noite. Depois do jantar, pedi para falar com ela no meu quarto, dizendo que era assunto do colégio. Contei a ela toda a investigação que eu tinha feito e, por fim, perguntei:

– Clara, o papai te deu um cristal que foi da nossa bisa?

– Ih, Gi. Deu sim, mas não faço a menor ideia de onde está.

– Como assim? Você acha que jogou fora?

– Fora eu acho que não, mas...

– Poxa, Clara! Este pode ser um dos quatro cristais dos índios da tribo do índio Leo que estão faltando no saquinho de couro. Não podemos falhar com eles!

– Eu sei disso, Gi. Só disse que não sei onde ficou. Deve estar em alguma caixa, desde a mudança que fizemos para o bairro. O papai me deu o cristal no aniversário de quinze anos. Disse-me para cuidar dele com amor e carinho, porque ele guardava muita energia boa. Isso eu me lembro bem.

Nesse momento, Clara parou, pensativa, e mais uma vez franziu a testa e fechou o olho esquerdo.

– O que foi, Clara? Por que você está com essa cara de quem comeu e não gostou?

– Sabe o que é, Gigi, desde que nós voltamos da Amazônia eu também fiz algumas investigações. Na verdade, não fiquei confortável com todas as coisas que o Leo nos contou, principalmente no que diz respeito aos cristais místicos.

– Como assim, Clara? Você ainda acha que foi tudo invenção do povo da pousada? – perguntei, meio incrédula.

– Não, Gi. Nem tudo. Mas acho que parte da história está mal contada. Parece que eles não nos disseram tudo e ocultaram algumas partes.

– Como assim? – perguntei, assustada.

– Você não acha estranho que a sua avó não tenha identificado três dos cristais que estão naquele saquinho? E que, além disso, eles não se pareçam com nada que ela já tenha visto? E o pajé?

– O que tem o pajé, Clara?

– Segundo o índio Leo, ele estava "guardando os cristais há muitos anos". Aí eu te pergunto: guardando para quem e por quê? E mais uma coisa: se ele os estava guardando, como é que cinco deles sumiram?

– É mesmo, Clara. Eu não tinha pensado nisso. Sinistro!

– Eu ainda preciso pesquisar um pouco mais, antes de te dizer minhas conclusões. Mas, para mim, os índios daquela tribo estão envolvidos em alguma coisa estranha e misteriosa, bem diferente daquilo que tenho lido em minhas pesquisas sobre os costumes e as tradições dos índios da Amazônia.

Depois de alguns segundos em silêncio, minha irmã concluiu e desconversou:

– Assim que passar o meu período de provas na faculdade, eu vou intensificar minhas pesquisas. Acho que o Leo omitiu muitas coisas na versão que nos contou. De toda forma, vou procurar o cristal que o papai me deu para guardar e assim que o encontrar eu te aviso. Por ora, vamos torcer para que ele seja uma turmalina, porque, se a viagem astral realmente for possível, é impossível sem essa pedra.

13
nada é por acaso

Na semana seguinte, os astros estavam do meu lado.

Tudo começou quando tio Roberto ligou para a gente e nos convidou para irmos à casa de festas, a mesma em que meus pais se casaram, para a festinha de aniversário do sobrinho dele. Perguntei se eu podia levar meus amigos Lipe e Manu, e ele concordou de imediato. Liguei para os guardiões, fiz o convite e recomendei que levassem seus cristais, pois havia novidades. Em seguida telefonei para Clara e deixei recado porque, mais uma vez, ela "estava em trânsito" e pedi que levasse o cristal, muito embora eu ainda não soubesse se ela o tinha encontrado.

Naquela noite eu não consegui dormir de tanta ansiedade. Fiquei lembrando as histórias que me contaram sobre os meus pais, como se conheceram e como foi que dois anos depois eles se casaram.

O casamento foi na casa de festas da família do tio Roberto, que fica no Alto da Boa Vista. Apesar de não ser irmão "de verdade" do meu pai, eu o chamo assim porque para mim é como se fosse. Ele está presente em nossas vidas desde muito antes de eu nascer.

A noite do casamento foi cheia de imprevistos. Primeiro, porque o carro que ia levar minha mãe para a festa era um calhambeque, que acabou quebrando na hora de subir a estrada que dava na casa de festas.

O meu pai tinha chegado bem mais cedo e precisou distrair os convidados por mais de uma hora por causa do atraso da minha mãe. Naquele dia, ele ficou tão atordoado que até perdeu a carteira, com todos os documentos dentro, e nunca mais a achou.

A Clarinha foi dama de honra e meu primo Bruno foi o pajem. O Bruno ficou muito nervoso e chorou um bocado antes de entrar no local da cerimônia. Se não fossem a Clarinha e a prima Ju para acalmá-lo, ele não teria entrado na passarela.

O meu pai me disse que a mamãe estava linda e desceu as escadas como se fosse um anjo flutuando sobre a piscina! Romântico, né?

Pelo o que meus pais me contaram, a casa estava linda e cheia de flores. O Bil, que é uma espécie de "faz tudo" e está na casa há muitos anos, ajudou a resolver um montão de problemas que foram surgindo.

Ah, como eu queria ter estado lá, só para ver minha irmã entrando de daminha. Ela devia estar linda também. Já pensou, eu e ela juntas, com dez anos, no casamento da minha mãe? Eu daria tudo para poder ter visto aquela festa.

Quando era menor, eu perguntava por que também não pude ser a dama do casamento deles. A resposta da minha mãe era sempre a mesma: "Você não tinha nascido, Gigi! Não tinha nem sido encomendada!".

Em meio a esses pensamentos eu adormeci e tive um sonho muito estranho. Eu estava na casa de festas do tio Roberto, no meio de muitas pessoas que eu não conseguia reconhecer. Embora eu estivesse vendo e ouvindo todo mundo ao meu redor, ninguém conseguia me ver.

Eu estava ficando desesperada por não conseguir me comunicar com ninguém. De repente, em cima do altar em que seria celebrado um casamento, eu vi uma pessoa muito sinistra, que vestia uma manta com capuz de cor bege. Sua roupa estava destoando dos demais convidados, tão bem vestidos. Parecia uma antiga roupa indígena.

Eu não conseguia ver seu rosto, porém via o brilho dos seus olhos em meio à sombra que o capuz produzia. E eles pareciam estar focados em minha direção. Depois de alguns instantes em que fiquei congelada naquela posição, a pessoa misteriosa levantou o braço esquerdo e fez um movimento com seus dedos, que pareciam me chamar.

Acordei de um pulo e não consegui voltar a pegar no sono. A imagem daquela figura encapuzada, que tinha aparecido em meu sonho, e as dúvidas que a Clarinha tinha levantado na semana anterior, não saíam da minha cabeça.

14
dia de festas

No dia e hora marcados, pegamos meus amigos e seguimos para a casa do tio Roberto. A Clara tinha avisado que seguiria direto para lá, pois estava voltando da faculdade.

Eu estava superansiosa, sem saber se um dos guardiões ou a Clara traziam consigo a turmalina. Será que seria mesmo possível fazer uma viagem astral de volta no tempo? Ou será que tudo não passava de conversa fiada do Leo e de sua tribo misteriosa?

Já passava das cinco horas da tarde quando chegamos à festa. Antes de entrarmos, minha mãe avisou que sairíamos às nove da noite, em ponto, porque no dia seguinte todo mundo teria aula. Ela havia prometido devolver meus amigos a seus pais antes das dez. Diante disso, eu tinha pouco menos de quatro horas para tentar fazer minha viagem.

Logo na entrada fomos recebidos pelo Bil, que me deu um longo e demorado abraço.

– Olá, pequena Gigi. Cada dia mais linda e mais parecida com sua prima Juliana – falou, sorridente.

Eu mesma não me acho parecida com a prima Ju, mas ele cismou com isso faz pouco mais de um ano. O mais engraçado é que o tio Roberto também concorda com ele. A Juliana já tem mais de vinte anos e eu não vejo nenhuma semelhança entre nós duas. Gosto muito do Bil, mas acho que ele está caducando.

Depois achei meu tio Roberto, que me pegou e me virou de cabeça para baixo, como faz comigo desde que comecei a andar. Mas, desta vez eu não gostei muito. Na verdade, eu estava muito preocupada com a possível viagem astral.

Olhei ao redor e não vi a Clara. Quando já ia pedir o celular da minha mãe para ligar para ela, notei que o seu carro estava entrando na casa. Ufa!

Tão logo consegui juntar a Clara e os guardiões, contei para eles tudo o que tinha acontecido desde que voltamos da Amazônia. Também contei sobre o meu sonho recente e sobre as dúvidas que minha irmã tinha acerca das histórias do Leo. Minhas investigações, entretanto, me permitiam chegar a uma conclusão:

– Amigos, eu acredito que, de alguma forma que ainda não consegui entender, os cristais místicos possuem um imenso poder, pois rodaram por diversos lugares e vieram parar em minhas mãos.

– Como assim, Gi? Você não está exagerando muito com essa história de pedras poderosas? – indagou Lipe.

– Não, Lipe, e sabe por quê? Eu descobri que minha mãe, quando ficou noiva, ganhou um cristal da minha avó, que tinha sido dado para ela pela minha bisavó. Todos os antepassados dela vieram de

Belém do Pará, que fica coladinho na Amazônia.

– Não entendi aonde você quer chegar – murmurou Manu.

– Eu vou chegar lá, Manu, escute. O Leo, quando me deu os cristais, contou que isso tinha sido previsto em sonho pelos anciãos. Disse, também, que o poder dos cristais seria passado a uma menina que traria consigo a marca da Cruz das Fadas.

– Que é você, não é isso?

– Isso mesmo. O Lipe bem lembrou que, para eu trazer essa marca em meu corpo, algum antepassado meu devia ser índio. Provavelmente daquela tribo da Amazônia, para eu poder ter herdado esta marca e o poder dos cristais.

– O que a Gi quer dizer, galerinha, é que ela acredita que recebeu essa missão dos seus antepassados, que veio passando de pais para filhos ao longo dos anos – explicou Clara. – Sendo assim, o cristal da Gabriela é um dos cristais místicos, bem como o cristal que eu ganhei do meu pai. Com isso, já identificamos dois cristais que estavam faltando.

– Irado! – gritou o Lipe.

– Tem outra coisa que queremos dividir com vocês. Conte para a gente o que você descobriu nas suas pesquisas sobre a tribo do índio Leo, Clara.

Clara, então, nos disse que havia ficado meio desconfiada de algumas histórias contadas pelo Leo e resolveu pesquisar mais sobre as tribos da Amazônia. Contou-nos um monte de coisas que descobriu, porém o que achei mais estranho foi quando ela nos falou sobre as diversas línguas indígenas e das provas por que são obrigados a passar alguns jovens de certas tribos na Amazônia:

– Eu li, em alguns artigos especializados nas tribos indígenas, que há inúmeras línguas faladas pelos índios do Brasil. Entretanto, nos vales dos rios Negro e Solimões, que é onde ficava a nossa pousada, os índios falam uma espécie de língua comum, que descende do tupinambá, derivada da língua tupi-guarani. Esta, por sua vez, era a língua mais falada na costa do Brasil, na época em que foi conquistado pelos portugueses. Isso vocês já estudaram, não é?

– Responde você, Manu, pois meu forte é ciências – falou o Lipe.

– E o meu é matemática – falei –, mas nunca ouvi falar no "Pirajá"!

– Não é Pirajá, Gigi. O certo é tupinambá – corrigiu Manu. – E estudamos sim, vocês é que não lembram. Deviam estar batendo bafo ou mastigando alguma coisa na hora da lição.

BURP!

– Viu só! Bastou falar em comida que o estômago do Lipe roncou.

– Vamos comer alguma coisa? – Lipe pediu, aproveitando a deixa da Manu.

– Calma, a Clarinha ainda não acabou – falei.

– Pessoal, não quero ser chata, mas o Leo, que sempre foi tão didático em suas explicações, bem podia nos ter dito que falava com o seu avô na língua tupi-guarani, que todos conhecemos. Ao invés disso, disse-nos que falava uma língua "própria" de seu povo.

– Ah, Clara, mas isso não quer dizer nada...

– Concordo com você, Manu. Mas se some a isso o fato de que eu não encontrei na literatura sobre os índios da Amazônia nada que se referisse àquela prova de coragem, em que ele teve que caminhar sobre pedras em brasa. Ou sobre as gotas de pimenta que pingou nos olhos. Encontrei histórias sobre tribos que obrigavam os meninos, quando ficavam adolescentes, a colocarem as mãos em formigueiros, mas nada sobre abelhas nativas.

– É, Manu. Isso está um pouco estranho.

– Não, Lipe, isso é bem estranho. Sabe por quê? – complementou

Clara. – Entre tudo o que eu pesquisei sobre as tradições e costumes destas tribos, não encontrei nenhum indício de que alguma dessas tribos soubesse utilizar, ou tivesse como tradição, o uso de cristais para a cura dos índios da aldeia.

– Sinistro! – eu disse, espantada.

– Enfim – concluiu Clara –, acho que há mais coisas ocultas, que vão além das histórias que aquele índio nos contou a respeito de sua tribo, sobre as quais estou muito curiosa para investigar. Quem sabe hoje poderemos esclarecer algumas delas. Por isso, devemos prosseguir com o que nos trouxe a esta festa.

– Mas, afinal, o que nós estamos fazendo aqui? – perguntou Manu. Que eu saiba, Gigi, sua missão é encontrar os cinco cristais que faltam. Já achou dois. Tem algum aqui, na casa do tio Roberto?

– Bem, eu acho que não. Mas quero testar a teoria de que os cristais são místicos e que com eles é possível fazer viagens através do tempo. Isso iria facilitar muito a localização das pedras que faltam para podermos devolvê-las ao pajé Kolomona – esclareci.

– Entendi. E você quer viajar para onde? – perguntou Clara.

– Imã, você sabe muito bem como eu gostaria de ter visto o casamento da mamãe com nosso pai. Hoje, se tudo der certo, eu vou realizar esse sonho.

Todos entenderam e estavam dando a maior força. Combinei que iríamos fingir que brincávamos de pique-esconde e marcamos um encontro no quarto das noivas.

Esse quarto geralmente é utilizado para que elas troquem suas roupas, antes ou durante a festa. Como hoje era festa de criança, eu tinha certeza de que não seríamos incomodados naquele quarto.

Já passava das seis e eu precisava correr, pois a essa hora, no dia do casamento, treze anos atrás, meu pai já devia estar chegando na festa, e eu nem sabia se alguém tinha trazido o cristal de turmalina.

O pique-esconde começou e, pouco depois, um a um, fomos entrando no quarto. Quando cheguei, a Manu já estava lá. Pedi para ver as pedras que ela tinha escolhido como guardiã. Ela abriu sua bolsinha e tirou de dentro um pequeno porta-joias. Abri, apressadamente, e dentro pude ver as duas pedras, uma delas azul e a outra vermelha. Infelizmente, não havia ali um cristal de turmalina.

Logo a seguir, chegou a Clara. Para minha decepção, ela disse que não tinha encontrado a pedra que meu pai havia lhe dado. Disse que tinha certeza de que não perdeu, mas não sabia onde tinha guardado. Agora só me restava esperar a chegada do Lipe.

Dia de festas 91

15
a primeira viagem astral

Eu lembrava que o Lipe tinha ficado com um cristal verdinho e outro preto, mas será que o verdinho era uma turmalina? Eu estava envolvida com esses pensamentos quando a porta se abriu.

– Lipe, por que você demorou tanto?

– Ué, eu estava comendo uma torta de limão, Gigi, por quê?

– Porque eu estou superansiosa. Trouxe os cristais?

– Isso mesmo, seu comilão! Hoje pode ser o dia mais importante da vida da Gigi e você preocupado com comida! – reclamou Manu, visivelmente irritada com o irmão.

– Não tema, com o Lipe não há problema!

Dizendo isso, ele sacou do bolso um guardanapo meio sujo de chocolate, com os dois cristais dentro.

– Yes! – Não pude conter minha alegria. O Lipe estava com a turmalina. Só de segurá-la em minhas mãos senti a energia que ela emanava. Também senti uma emoção indescritível. O saquinho, agora com a água-marinha que eu ganhara da minha mãe, continha vinte e um cristais.

– Amigos, muito obrigada! Valeu, Lipe, você é o máximo. Mas... e agora? Como eu faço para voltar no tempo?

– Bem, Gigi, isso o Leo não falou. O pajé também não – lembrou Clara. – Segundo ele, alguns cristais têm poderes místicos, mas ele não ensinou como fazer para eles funcionarem.

Naquele momento eu não conseguia me lembrar de nada. Já passava das sete e, nessa hora, treze anos atrás, meu pai já devia ter chegado à casa de festas. Provavelmente, a Clara também.

Se eu perdesse mais tempo, talvez também perdesse a chance de ver minha mãe entrando no casamento. Foi então que a Manu se lembrou de uma coisa muito importante, que o índio Leo falou quando estávamos na choupana:

– Pessoal, vocês lembram que o índio Leo falou que os cristais tinham que ser combinados três a três para poder liberar sua força?

– Isso mesmo, irmã. Um dos três é a Cruz das Fadas, que tem o poder da magia e já está nas costas da Gigi, mas e as outras duas?

– A turmalina, é claro! Por isso a Gigi estava tão aflita para encontrar uma. O poder da turmalina vai possibilitar a viagem astral.

– Você está certa, Manu. A Clara também. Mas qual deve ser a última pedra que eu devo levar nessa viagem? A vó Magda sugeriu a água-marinha, mas eu estou em dúvida. Acho que estou muito nervosa...

– Bem, Gigi, se eu fosse você, em vez de cristal levava um calmante...

– É isso mesmo, Gi! O Lipe falou brincando, mas ele pode estar certo. Não tem um cristal que sua vó Magda falou que acalma?

– Tem sim, imã. É esse rosinha aqui.

Todos concordaram com a escolha que foi feita. Naquele momento não podia imaginar que o cristal de kunzita seria de extrema importância na minha viagem.

Guardei na minha bolsa todos os cristais no saquinho. Deixei sobre a escrivaninha apenas a turmalina e a kunzita.

Sentei-me de frente para o espelho, no qual provavelmente minha mãe se sentou ao final do casamento, treze anos antes. Posicionei a turmalina do meu lado direito e a Kunzita do lado esquerdo e disse:

– Amigos, me desejem sorte. Aconteça o que acontecer, não deixem ninguém interromper minha viagem.

– Não tema! Com Lipe não há problema. Mas... se der, traz um bem-casado para mim?

– Poxa, Lipe, pare de pensar em comida! Vá, minha amiga, e fique tranquila, que ninguém vai te impedir de realizar seu sonho. Mas lembre de voltar até as nove, senão tia Gabriela vai descobrir tudo.

– Gi, não estou certa de que essa viagem seja possível, mas se isso acontecer, não corra riscos! Nesse momento, eu me sinto totalmente responsável por você e não sei o que fazer se algo de mal te acontecer. Além disso, o papai vai me matar.

– Pode deixar, imã. Vai dar tudo certo. Te amo, viu?

– Eu também...

Dizendo isso, eu coloquei uma mão em cima de cada cristal e... NADA! Isso mesmo. Nada aconteceu. Eu continuava ali, na frente do espelho, olhando para a Clara e os guardiões, bem atrás de mim.

– Deve estar faltando alguma coisa.

– É sim, Gi, tente novamente – sugeriu Manu.

– Eu vou buscar um brigadeiro e já volto.

– Gi, esquece o Lipe, que só pensa em comida, e tente novamente – insistiu Clara, sem desanimar.

Nos minutos seguintes, tentei repetidas vezes, sem obter sucesso. Por fim, segurei apenas a kunzita e pedi aos meus ancestrais que me acalmassem e me orientassem para encontrar a maneira correta de ativar a energia dos cristais místicos.

Respirei fundo, me concentrei e, então, lembrei que o Leo tinha falado que eu saberia, intuitivamente, como INVOCAR o poder dos cristais místicos. Foi quando eu recoloquei a kunzita sobre a mesa, depositei minhas mãos sobre os cristais e falei bem alto:

PELO DOM QUE ME FOI CONCEDIDO E A ENERGIA DOS CRISTAIS QUE TRAGO COMIGO, EU PEÇO A FORÇA DOS ELEMENTOS PARA VIAJAR NO TEMPO E ME LEVAR AO DIA DO CASAMENTO DOS MEUS PAIS.

Enfim, o poder dos cristais místicos havia sido liberado. O que aconteceu a seguir foi SINISTRO! Eu estava de olhos fechados e assim permaneci.

Senti um calor muito forte que vinha dos cristais místicos subindo pelos meus braços até alcançar a marca da Cruz das Fadas. Minha marca de nascença pulsou intensamente em meu corpo e causou um grande formigamento por quase um minuto.

Eu senti como se meu corpo fosse elevado do chão e girasse na velocidade da luz. Durante todo o processo, apesar de parecer estranho, eu não me senti tonta e nem tive medo. Era como se estivesse envolvida em um manto de algodão fofo e cheiroso que me fez sentir muito alegre e feliz. Eu estava, enfim, realizando um sonho.

16
uma janela se abre no tempo

Ao abrir os olhos, levei um pouco de tempo para me localizar. Continuava no quarto das noivas, era noite, mas meus amigos não estavam comigo.

O quarto tinha uma arrumação diferente. A cama não estava abaixo da janela, mas sim na parede ao lado. A colcha de agora era rosa e a antiga era branca.

De repente, levei um susto! Eu não tinha mais reflexo no espelho, mas conseguia me ver ao olhar diretamente para mim mesma.

Talvez esta seja a tal forma astral sobre a qual a vó Magda havia me falado, eu pensei. Entretanto, ao segurar os dois cristais místicos, meu reflexo reaparecia no espelho. Ou seja, com as pedras em mãos eu seria invisível aos olhos de todos. Irado!

Achei aquilo muito apropriado, pois com as pedras nas mãos eu poderia passear entre os convidados da festa sem que ninguém me visse.

Estava felicíssima, pois havia, enfim, conseguido. Ou será que não? Será que eu cheguei na festa certa, ou teria invadido a de algum desconhecido? Se eu estivesse na festa errada e deixasse de ficar invisível seria expulsa como penetra, e isso seria horrível!

Ao longe eu conseguia ouvir um burburinho de festa. Logo, concluí, só havia uma forma de descobrir se eu estava no casamento da minha mãe. Me enchi de coragem e, quando percebi que o corredor estava silencioso, abri a porta e saí do quarto em direção ao hall de acesso da casa.

Meu coração estava a mil. Quando estava quase chegando à sala... um susto! Um Bil bem mais novo e magrinho fez a curva, entrou apressadamente no corredor e me atropelou. Irado! Ele passou por mim e eu não senti nada. Foi como se eu fosse uma fumaça. Aquilo me deixou superconfiante, então segui até o final do salão e, do parapeito da sala, passei a observar os primeiros convidados da festa. Ufa! De fato eu estava no casamento da minha mãe.

Lá embaixo pude ver meu pai. Um gato! Magrinho, cabeludo e de óculos. Por isso todo mundo fala que, mais novo, ele era igualzinho ao Harry Potter. Parecia saído do Castelo de Hogwarts. Apesar disso, pelo reflexo dava para ver que ele estava com a testa suada. Coitadinho, estava bem nervoso...

Vovó Magda, com seu cabelo cor de fogo, e vovó Olguinha estavam muito bem. Afinal, treze anos mais novas, podiam até arranjar um namoradinho naquele dia. Quem sabe?

Mais adiante eu vi o tio Roberto! De cabelos pretinhos e sem barriga. Só não vi a Juliana, minha prima de Belo Horizonte, será que ela ainda não tinha chegado?

Eu estava me divertindo muito, vendo todo mundo chegar à festa, quando, de repente, entrei em choque. Estava olhando para a Clarinha.

Meus olhos se encheram de água e eu comecei a chorar de emoção. Minha irmã era linda... E... Eu estava ali. A menos de dez passos de distância dela, num canto do salão. Nós duas, juntas, com a mesma idade, no casamento de nosso pai.

Fui me chegando para perto dela, bem devagarzinho, até ficar bem atrás, e pude notar que o fecho *éclair* de seu vestido estava um pouco aberto em suas costas. Me aproximei mais para tentar fechá-lo, sem que ela percebesse, e foi então que um terrível imprevisto aconteceu. A turmalina caiu de minha mão e eu fiquei visível! Babou!

– Que susto você me deu! Quem é você?

– Eu... eu... – fiquei em choque, não conseguia falar nada...

– Já sei! Você é minha prima Juliana, de Belo Horizonte. Não é? A Gabi me falou que você viria. – Ufa, minha irmã me salvou, mais uma vez. Como eu não tinha pensado nisso antes? Dali para frente eu seria a prima Juju, que não tinha vindo de BH!

– Isso mesmo, e você é a Clara, não é?

– Como você sabe? Ah, já sei... É porque estou vestida de daminha, vó Olguinha deve ter te contado.

– Foi sim. Sabe de uma coisa, eu adoraria ser dama de honra, mas, até hoje, ninguém me chamou. Tenho medo de ficar mais velha e perder a chance.

– Que é isso. Mais dia menos dia alguém vai te convidar. Eu estou nervosa, mas estou adorando. Afinal, é o casamento do meu pai com a Gabi, de quem eu gosto muito.

– É verdade. Eu também adoro a ma... Gabi. Espera um pouco, deixe-me ajeitar seu fecho *éclair*, que está um pouco aberto – disfarcei, pois quase tinha falado mamãe em vez de Gabí. Ufa, essa havia sido por pouco!

Conversávamos como duas irmãs havia mais de quinze minutos. Já tinha guardado os cristais no bolso de meu casaco para não os perder. Estava ouvindo a Clara falar do meu pai e da minha mãe de uma forma tão carinhosa que fiquei superemocionada. Como era legal ver que ela os queria tão bem, assim como eu.

Foi então que vimos minha tia, irmã da mamãe, entrar na festa, enorme, em cima de um salto gigante, conversando com um menininho vestido de terno, que estava chorando de soluçar.

– Xiiiiiiii, Juliana, o Bruninho está em prantos.

– Que bonitinho que ele está! Vamos lá para ver se podemos ajudar. Ele deve estar com vergonha.

Quando chegamos perto ainda foi possível ouvir minha tia falando para ele se acalmar, que ia dar tudo certo.

– Ô Bruninho, fica calmo que eu vou estar com você.

– Isso mesmo, fica calmo que eu tenho certeza de que vai dar tudo certo – falei, com muita convicção. Afinal, eu já sabia que tudo acabaria bem!

– Clara, quem é essa linda amiguinha que está com você?

– Ela é minha prima Juliana. Veio de BH.

– Ah! Logo vi que era sua parenta. Vocês são muito parecidas. Só que você é clarinha e ela é bem moreninha. Então, Juliana, por que você e a Clarinha não conversam um pouco com o Bruno para ver se ele se acalma?

– Gente, o carro da Gabí quebrou. Eu sabia que aquele calhambeque não ia aguentar subir a ladeira do Alto – falou meu pai, que chegou atrás de mim e quase me matou do coração.

– Xiii, se eu conheço a minha irmã, ela deve estar uma pilha de nervos.

– Por que você está chorando, Bruno? – perguntou meu pai, tirando do bolso o seu lenço para enxugar as lágrimas do Bruninho.

Nesse momento, sem que ninguém percebesse, a carteira do meu pai caiu do seu bolso e escorregou por uma fenda que ficava entre a lareira e o depósito de lenha, bem ao lado de onde estávamos conversando.

– Toma, Bruno, enxuga as suas lágrimas e se acalma. Sua tia Gabí vai chegar nervosa, eu já não sei mais o que fazer para entreter os convidados e a gente precisa de muita calma nessa hora – finalizou meu pai, correndo para a cozinha. Foi pedir que servissem alguns refrigerantes e canapés para os convidados, pois a noiva ainda demoraria um pouco.

17
a noiva chegou!

– Você eu não conheço.

Pronto! Agora era o tio Roberto que queria saber quem eu era.

– E por que o Bruninho está chorando? – perguntou na sequência.

– Sou eu, tio, não está me reconhecendo não? – pronto, agora babou! Esqueci que ele ainda não me conhecia...

– Na verdade não, desculpe. Eu ando meio esquecido. Você é amiga da Clarinha?

– Bem, na verdade, sou maaais que amiga.

– Ela é a Juliana. Minha prima de BH, tio. Ela acabou de me dizer que adora cavalgar. Eu contei para ela que você também, e que tem uma fazenda com muitos cavalos.

– Que legal, Juliana. Já me ganhou! Quem sabe um dia vamos cavalgar juntos. Combina com ela, Clarinha.

– Vou combinar, tio.

– E o Bruno? Tá com medo?

Bastou o tio Roberto perguntar isso e o Bruninho recomeçou a choradeira. Meu tio tentou reverter o drama conversando sobre nossa futura ida à fazenda, mas não adiantou. A Clarinha lembrou Bruno que ela estaria ao seu lado e que seria tudo muito rápido. Porém, nada dele melhorar. Foi então que me ocorreu uma coisa.

– Bruno, eu quero te mostrar uma coisa – falei, ao mesmo tempo em que tirava do bolso o cristal de kunzita.

– Ai, que linda! – falou Clarinha. – O que é?

– Este, Bruno, é um cristal mágico que ganhei de um pajé. O pajé é um índio muito sábio, que conheci em uma tribo da Amazônia. Em especial, essa pedrinha traz uma coisa boa dentro dela que é capaz de ajudar as pessoas a se acalmarem.

Ao notar que ele estava superatento à minha história e que tinha parado de chorar, peguei lentamente a sua mão e depositei nela o cristal místico. O efeito foi fantástico! Em pouco tempo ele já estava calmo e sorrindo de novo.

Contei a eles o que o pajé havia me dito. Que eu, também, possuía muita energia boa dentro de mim e queria compartilhar esta energia com eles. Assim, o Bruno foi se acalmando lentamente.

Poucos minutos depois de ele ter se acalmado e me devolvido o cristal, o carro que trazia a mamãe passou pelo portão de acesso a casa.

Foi um alvoroço generalizado. O Bil correu para receber o carro da noiva, seguido pelo fotógrafo e um monte de gente que foi ajudar minha mãe a sair do carro e se ajeitar para entrar no casamento.

Minha tia correu para pentear o Bruno e ajeitar-lhe a roupa. Vovó Olguinha foi buscar o buquê de flores da Clarinha, que estava guardado na geladeira, para não murchar.

Nesse momento eu aproveitei o corre-corre e, atrás de alguns arbustos, tratei de desaparecer. Literalmente.

Tirei do bolso os cristais místicos de turmalina e kunzita e, subitamente, não era mais vista por ninguém na festa.

Minha mãe estava visivelmente nervosa. Eu a vi falando para o meu avô que o carro tinha quebrado e ela teve que trocar de carro no meio do caminho. Estava muito chateada por ter se atrasado tanto.

Mais à frente pude ver minha avó Olguinha consertando as luvas da Clarinha e meu pai entregando as alianças para a irmã da mamãe. Ela tentava ajeitar as alianças na almofadinha para o Bruno levar, porém, o imprevisto aconteceu.

As alianças não ficavam na almofadinha! Por causa do seu formato arredondado, as alianças escorregavam da almofada. O Bruno começou a chorar de novo, agora com medo de perder as alianças no caminho. Minha mãe, quando viu o Bruno chorando, pirou!

Foi aí que eu tive uma ideia. Precisávamos prender as alianças na almofadinha de alguma forma, caso contrário o Bruno não iria se acalmar. Caminhei até a garagem e, atrás de uma porta, guardei os cristais no bolso. Desta forma, deveria ter ficado visível novamente.

Passei em frente ao espelho do banheiro, só para confirmar, e corri atrás do Bil.

– Oi, Bil. Preciso de sua ajuda!

– Quem é você? Em que posso ajudar?

– Eu sou a Juliana, ir... prima da Clarinha. – Quase ia errando, de novo! – As alianças dos noivos não ficam em cima da almofadinha e a gente precisa prendê-las para não caírem. Eu pensei se você não teria um barbante ou linha de costura para emprestar...

– Linha eu não tenho, mas tenho durex no escritório ou esparadrapo na caixa de primeiros socorros, o que acha?

– Genial, Bil! O durex vai servir.

Em pouco tempo as alianças já estavam coladas na almofada, porém o Bruno continuava chorando e a Clarinha estava perdendo a paciência. Eu senti que precisava fazer alguma coisa e, rápido, pois a mamãe já estava ajeitando o buquê para descer as escadas.

A ansiedade do Bruninho foi aumentando. O nariz dele parecia um pimentão e os olhos estavam vermelhos de tanto ele os esfregar. Minha tia começava a achar que o melhor seria a Clara entrar sozinha. A gente não sabia mais o que fazer.

Nesse momento eu saí de perto deles e no meu íntimo olhei para o céu e pedi ajuda. Queria ter uma ideia que pudesse nos ajudar a sair daquela situação. Quando baixei os olhos e olhei na direção do altar, foi SINISTRO! Lá estava ele!!!

Aquela figura estranha, encapuzada, igualzinha no meu sonho. Parada e olhando em minha direção. Tinha um monte de convidados ao seu redor e ninguém achava estranha a presença daquela figura, vestida de índio, em cima do altar.

Só havia uma explicação: assim como eu, ele também conseguia ficar invisível aos olhos dos outros. Mas, afinal, o que ele fazia ali? O que ele queria de mim?

Como se tivesse ouvido as minhas perguntas, aquele índio levantou o braço esquerdo e fez um movimento com seus dedos, que pareciam me chamar. Nesse momento tudo fez sentido e eu entendi o que eu deveria fazer. Voltei para onde estavam Clara e Bruninho e disse-lhes:

– Olha, gente, vocês se lembram do poder dos cristais de que lhes falei? Lembrem-se como o Bruninho se acalmou quando segurou aquela 'pedrinha mágica'? Pois, então, confiem em mim. Eu vou estar atrás de vocês durante todo o caminho até o altar, carregando comigo as 'pedrinhas mágicas'.

– Como assim? – perguntou Clara, aflita.

– Olhem sempre em frente. Não olhem para trás. Vocês poderão sentir que estarei com vocês e as 'pedrinhas mágicas' vão nos ajudar a ficar todos calmos na travessia da passarela. Só peço que confiem em mim.

Dei um beijo em cada um dos dois e "sumi" entre o fotógrafo e os convidados que se posicionavam na frente deles.

18

pura magia

Pouco tempo depois eu estava de volta, agora invisível, com os cristais em mãos. Apoiei o cristal de kunzita no ombro do Bruno e a pedra de turmalina no ombro da minha irmã. Invoquei o poder mágico da Cruz das Fadas e falei baixinho, ao pé do ouvido de cada um.

– Fiquem calmos. Vai dar tudo certo. Vocês dois estão lindos e são muito especiais.

Um largo sorriso se abriu no rosto dos dois e assim, juntos, nós três seguimos à frente do cortejo. Clarinha e Bruno na minha frente e, atrás de nós, minha mãe. Linda como nunca.

O cabelo solto, bem comprido e com um brilho sem igual, chamava muita atenção ao encostar no vestido branco e reluzente. Da sua cabeça pendia uma tiara de flores naturais, pequenas e delicadas. Sua boca rosada se destacava da pele clara do rosto e os cílios compridos piscavam lentos, como em câmera lenta, deixando ver o brilho intenso de seus olhos negros. Como havia dito meu pai, mamãe não andava. Apenas, flutuava na passarela que a levaria ao altar.

No altar, o meu pai aguardava a minha mãe com uma alegria incontida. Também, pudera. Minha irmã e minha mãe, juntas, superfelizes e maravilhosas. Imagine se ele soubesse que eu também estava ali.

Reconheci todos os padrinhos presentes, meus avós, parentes e amigos. Confesso que minhas lágrimas escorriam pelo meu rosto, de pura felicidade. Assisti a tudo do altar, em lugar privilegiado. Melhor, impossível. Um momento mágico!

Depois que fomos para a sala dos cumprimentos eu precisava me esconder para poder guardar os cristais no bolso em segurança. Fui até o quarto das noivas e fechei a porta, mas, quando estava guardando a última pedra, ouvi a porta se abrindo atrás de mim. Soltei a pedra rapidamente e vi minha irmã entrar, radiante.

– Ju, você foi fantástica!

– Como assim? O que foi que eu fiz?

– Ué, você acalmou o Bruno e permaneceu ao nosso lado durante toda a cerimônia. O mais estranho é que falei isso para a Gabi e ela achou graça, porque disse que não tinha ninguém atrás de nós...

– Eu te disse, não foi? Só precisa acreditar. Que bom que deu tudo certo. Fico feliz de ter podido ajudar.

– Então, que tal comermos um pouco? – convidou minha irmã. Devia saber que eu estava faminta.

– Vamos sim, mas que horas são? É que minha mãe disse que teríamos que ir embora cedo, pois voltaremos para BH ao amanhecer – foi o que me ocorreu para justificar minha saída da festa tão cedo.

– Acho que já são quase nove horas.

– Xiii... Então preciso correr – falei, enquanto me dirigia à porta do quarto.

– Vai indo que eu vou me trocar e já te encontro! – gritou Clarinha.

Girei a maçaneta da porta ao mesmo tempo em que alguém, do lado do corredor, a girou para poder entrar. Avalie o meu espanto ao abrir a porta e dar de cara com minha mãe! Sim. Minha mãe.

Treze anos mais nova, linda e bem na minha frente. Nossos olhares se cruzaram por uma fração de segundos. Ela entrou correndo no quarto, para trocar o vestido de noiva por um de festa. Saí e me encostei na parede do corredor, ao lado da porta. Minhas pernas ainda tremiam, meu coração batia acelerado e eu comecei a chorar de emoção. Então escutei minha mãe e minha irmã conversando:

– Oi, Clarinha, você estava linda.

– Que nada, Gabi. Você é que roubou a cena!

– Que bom que conseguiu acalmar o Bruno. Ele estava meio nervoso.

– Não fui eu não. Quem acalmou o Bruno foi a prima Ju. Sem ela a gente estava perdida...

– Me lembre de depois agradecer a ela – disse minha mãe.

– Ué, ela estava aqui nesse instante. Acho que teve que correr porque a mãe dela tem que sair mais cedo.

– Pode ser. Só vou conhecer a mãe da Juliana hoje. Ela é prima do seu pai, de quem ele gosta muito. A Juju era aquela gracinha que passou por mim quando eu entrei? Achei que já a conhecia de algum lugar! Foi tão estranho...

Eu ouvia tudo do corredor. Estava muito emocionada! Mas tinha que sair dali o mais rápido possível para que meu disfarce não fosse descoberto. Quando me recuperei, vi que já eram dez para as nove da noite. Precisava correr!

Pura magia   113

19
problemas à vista!

Depois de ver e ouvir a noiva tão de pertinho, demorei um pouco até conseguir me acalmar. Precisava retomar minha concentração e focar no meu retorno, pois sabia que meus amigos e minha irmã já estariam preocupados.

Apesar de a viagem no tempo ter sido um sucesso, faltava ter uma prova de que seria possível resgatar qualquer coisa e fazer a viagem de volta. Só assim eu teria a certeza de que poderia fazer outras viagens para buscar os cristais místicos, onde quer que eles estivessem.

Precisava completar os vinte e cinco cristais do saquinho e devolvê-los ao pajé Kolomona, que havia confiado a mim essa difícil tarefa. Eu não podia falhar!

Por isso, corri até a lareira e pensei em levar a carteira do meu pai, que eu tinha visto cair ali, quando ele puxou o lenço para enxugar as lágrimas do Bruno. Mas me lembrei do que ensinou o índio Leo e do susto que o Lipe tomou quando enfiou o graveto na toca da aranha, lá na Amazônia. Isso me fez desistir de resgatar a carteira, afinal, fazer fumaça naquele momento chamaria atenção de todos da festa.

Já passava das nove, então peguei o que estava mais próximo e guardei no bolso do casaco. Foi neste momento que um calafrio percorreu todo o meu corpo e eu entrei em pânico. Só a turmalina estava no meu bolso. A kunzita havia desaparecido. Talvez por isso eu estivesse tão nervosa.

Logo comecei a me desesperar. Tentei me lembrar onde eu podia tê-la perdido e percorri todo o trajeto que tinha feito acompanhando minha mãe até o altar. Depois fui ao salão de festas e, por último, fui para o quarto das noivas. Tinha que estar lá! Mas não a encontrei em lugar algum.

Sentei-me em frente à penteadeira e comecei a chorar. Como podia ter perdido aquele cristal tão importante? O que eu ia fazer? Como explicar a minha presença ali para as pessoas da festa? Fechei meus olhos, me concentrei muito e pedi ajuda aos meus ancestrais. Neste momento uma mão pousou suavemente sobre meu ombro.

– Ju, por que você está chorando?

– Clarinha! Me desculpe, mas eu estou desesperada. Perdi uma coisa que era muito importante para mim. Você se lembra do cristal que eu usei para ajudar o Bruno a se acalmar? Ele sumiu! – falei, aos prantos.

A Clarinha, então, olhou para mim e sorriu, me transmitindo um carinho tão especial, que eu acho que só uma irmã é capaz de passar para outra irmã.

– Não sumiu não, Ju. Está aqui – e mostrou-me a kunzita que eu tinha perdido. – Eu a encontrei caída ao lado da cadeira da penteadeira quando fui trocar minha roupa. Você deve tê-la deixado cair e...

Não esperei minha irmã concluir e me levantei para abraçá-la. Dei-lhe um longo e demorado abraço, dessa vez chorando o choro da felicidade pura. De duas irmãs que se amam muito.

– Que isso, prima? É só uma pedra!

– Não, Clarinha. É mais do que isso. Um dia você vai entender. Olha, eu vou ter que ir agora. Mas queria te dizer uma coisa: se um dia eu ganhar uma irmã, torço para ela ser igualzinha a você. Te amo, imã!

– Eu também, Ju. Tomara que a tia Gabi tenha uma menina. Eu vou amar ter uma irmãzinha. Espere um pouco que eu vou chamar o Bruninho para ele se despedir de você.

– Então corra, mas não fique chateada se eu não puder esperar, está bem?

Não havia mais tempo. Eu precisava retornar. Sentei-me em frente ao espelho da penteadeira e, ao olhar para o reflexo, lá estava ele. Mas agora aquela figura encapuzada não me trazia mais o medo e, sim, a confiança.

Pude perceber que ele estava ali para me ajudar e, mais uma vez, me concentrei, conectei-me com meus antepassados e pedi que, pelo dom que me foi concedido e a energia dos cristais que trazia comigo, eu retornasse para o local em que havia iniciado a minha viagem.

20
fogo!

Assim que abri os olhos percebi que estava de volta ao quarto das noivas. A cama estava abaixo da janela e a colcha era branca. Porém, em vez de curtir o momento e o sucesso do meu retorno, me arrepiei toda ao ouvir minha mãe gritando lá da piscina.

– Giovaaanaaaa, cadê todo mundo?

A Clarinha e meus amigos chegaram em segundos e minha mãe foi logo dizendo:

– Eu não vejo a sua irmã há mais de uma hora. Você sabe onde ela se meteu?

– Então, Gabi – percebi que a Clarinha tentava disfarçar –, a gente estava brincando de pique-esconde e, bem, você sabe como a Gigi é competitiva. Já gritamos para todos os lados que a brincadeira acabou e que ela ganhou. Mas ela não sai do seu esconderijo de jeito nenhum.

– Ai, meu Deus! Será que aconteceu alguma coisa? Ela pode ter rolado uma ribanceira! Aqui tem tantos despenhadeiros. Peça para o Bil ajudar a encontrá-la, Roberto! – falou minha mãe, muito aflita.

Eu, então, fiquei muito nervosa. Precisava criar uma distração para camuflar o meu retorno, mas qual? Não podia simplesmente aparecer do nada...

– Calma, Gabí! A Giovana é muito esperta e conhece a casa como ninguém. Fique tranquila que vamos todos procurá-la – acudiu, solícito, meu tio Roberto.

Antes que eu pudesse pensar em qualquer coisa, todos que restavam na festa estavam mobilizados à minha procura. Meu pai foi ao estacionamento, minha mãe para a varanda, e o tio Roberto foi procurar na boate e nos banheiros.

Neste momento a porta se abriu atrás de mim e eu quase morri de susto! Era o Bil, que estava me procurando e chegou com a cara de quem tinha visto um fantasma. Ele me disse que estava indo me procurar nos estábulos quando ouviu uma voz "soprar" para ele: "A Giovana está no quarto das noivas e precisa de sua ajuda". SINISTRÉSIMO!

Só podia ser o meu mais novo amigo e, também, viajante no tempo. Esta nova aparição dele me fez ter uma ideia na hora! Falei para o Bil que tinha perdido minha pulseira perto da lareira e que minha mãe ia me matar se eu não a encontrasse. Em pouco tempo convenci o meu querido Bil a, mais uma vez, me ajudar. Fomos até o hall que dá acesso para a sala e o fiz improvisar uma tocha, com um pouco de jornal enrolado, para colocá-lo perto da fenda. Já passava de nove e dez. Ele estava se preparando para acender a tocha quando resolvi deixá-lo na sala e voltar ao quarto, para ver onde estava todo mundo.

Para minha surpresa, eles estavam reunidos em frente à piscina, como se fossem começar uma reunião. Então, pude ouvir minha mãe perguntando:

– Alguém achou a Gigi?

– Não, Gabriela. Ninguém viu nada – respondeu meu pai, meio desanimado.

– O que você acha que pode ter acontecido, Ricardo?

– Não sei, Gabí. Os meninos acham que ela ainda está escondida, em algum lugar onde não consegue nos ouvir.

Minha mãe olhou para a Clara e meus amigos e deu um ultimato:

– Meninos, vocês foram os últimos a estar com ela e espero que tenham alguma coisa para nos dizer sobre o que aconteceu.

– Então, Clara. O que tem a nos dizer? – complementou meu pai.

Sem ter como inventar mais nada, Clara ia dizer a verdade...

– Bem, pai. Vocês têm razão. Nós temos algo para contar. Embora possa parecer estranho...

Mal começara a falar, Clara foi subitamente interrompida pelo grito da Manu:

– FOGO!!!

– Onde, Manu? – perguntou Lipe.

– Lá em cima – disse ela, apontando para o hall de entrada, no segundo andar, de onde finalmente se pôde ver a fumaça saindo pela janela.

21

o que mais pode acontecer?

    Todos correram para o hall. Os primeiros a chegar foram tio Roberto e o meu pai. Eles me encontraram com o Bil, jogando fumaça de uma tocha improvisada, em uma fenda ao lado da lareira. Meu pai me pegou no colo e me deu um longo abraço, como se não me visse há mais de treze anos.

    – Giovana, nunca mais faça isso conosco!

    – Fazer o quê, pai? – falei, disfarçando.

    – Desaparecer desse jeito, sem avisar ninguém e não responder aos nossos chamados. Isso não se faz! Estávamos todos muito preocupados.

    – Mas, pai, eu não ouvi nada. Estava bem escondida, lá no estábulo, esperando os meninos me encontrarem! – Precisava guardar meu segredo.

– Bil, você caducou de vez? Quer colocar fogo na casa? – perguntou meu tio, já brigando com o Bil.

– Eu falei para a Gigi que isso era ideia de jerico, mas ela insistiu. Cismou que perdeu a pulseira dela aqui dentro dessa fenda.

– E para que é esta fumaça toda? Quer matar a gente? Meta logo a mão aí e tente pegar a pulseira.

– Não, patrão. Ela não quis me deixar enfiar a mão lá dentro, com medo de bicho! Disse que aprendeu com um índio que devemos jogar um pouco de fumaça antes de se arriscar a ser picado.

– Giovana Rodarte! O que você aprontou desta vez? – perguntou minha mãe, que acabava de chegar ao salão, IRADA. – Colocou fogo na casa?

– Não, mãe, não é nada disso. Eu posso explicar...

– Isso mesmo, tia Gabriela, não tema... – era o Lipe tentando me ajudar.

Nesse instante, o Bil apagou a tocha e enfiou a mão na brecha que havia entre a lareira e o recipiente de lenha. Depois de alguns minutos mexendo a mão para lá e para cá ele, de repente, arregalou os olhos e exclamou:

– Ih!

– Que foi, Bil? – perguntou meu tio.

– Um bicho te picou? – indagou meu pai.

– É cobra ou aranha? Tire logo a mão deste buraco! – gritou minha mãe.

Ele tirou a mão do buraco e trouxe com ele a carteira do meu pai, que havia ficado guardada ali dentro por mais de treze anos. Na mesma hora a confusão que eu tinha criado com o meu sumiço havia ficado em segundo plano.

Todos ficaram mais interessados em olhar o conteúdo da carteira do meu pai. Tinham fotos antigas da minha mãe, do tempo em que eram namorados, e da Clarinha ainda bebê. Notas velhas de dinheiro, que já tinham perdido o valor, e o ingresso de um jogo de futebol a que meu pai tinha assistido em 1990, em uma viagem que fez para a Espanha.

Ufa! Agora estava começando a dar para relaxar um pouco. Mas eu sabia que meus amigos deviam estar curiosos sobre o que aconteceu comigo e como consegui voltar. E quer saber? Minha volta foi mesmo eletrizante!

22
O difícil caminho de volta

 Aproveitei a distração de todos com a carteira desaparecida do meu pai para me reunir com a Clarinha e os meus amigos no quarto das noivas. Afinal, eles deviam estar ansiosos para saber como foi a viagem. E eu queria muito saber como eles se viraram para encobrir o meu "sumiço".

 – Poxa, Gigi, quer nos matar do coração? A gente não combinou de se encontrar às nove? – perguntou Manu.

 – A gente mal conseguiu acreditar que a viagem astral tinha dado certo, mas mantivemos a nossa parte do plano. Passamos duas horas fingindo que estávamos brincando de pique-esconde. E ninguém brinca de pique-esconde por tanto tempo, não é mesmo? – emendou Lipe.

 – Foi por causa da Clara que a gente manteve o plano. Depois de mais de uma hora que você tinha sumido a gente queria desistir e contar tudo para sua mãe, mas ela falou pra gente que devíamos dar um voto de confiança a você. Afinal, tanta coisa tinha acontecido até aqui que ela não acreditava que tivesse sido por acaso.

– É, irmã, foi isso mesmo que a Manu falou. Para mim, de fato, tudo poderia fazer parte de um plano maior, e devíamos colaborar, como dissemos que faríamos antes de você partir. Afinal, o pajé acredita que você vai encontrar os cristais que faltam.

– Acontece que já tinha passado de nove horas e você nada! – falou o Lipe, muito bravo – E a sua mãe estava botando a maior pressão na gente!

– Gi, nós estávamos sem saída, e eu já ia começar a contar a verdadeira razão do seu desaparecimento quando, por sorte, o fogo começou! Não tínhamos mais o que fazer para justificar o seu sumiço.

– O que foi que houve, Gigi?

– Calma, que eu vou contar tudo, Lipe! Eu ia voltar na hora, acontece que...

Contei-lhes, então, tudo o que tinha se passado desde a minha partida, mais de duas horas antes, até o momento em que me despedi de Clara e que, sem querer, a chamei de imã...

Nesse momento eu vi que uma lágrima escorria no rosto da Clara. Com certeza ela se lembrou de alguns desses momentos que passamos juntas, na festa de casamento do nosso pai. A Manu estava de boca aberta. Mas o Lipe, bem, se abrisse a boca, o brigadeiro caía.

– Naquele dia, quando eu voltei trazendo o Bruno pela mão, você não estava mais lá. Fiquei arrasada! Tempos depois nosso pai me disse que a Juliana não tinha ido ao casamento. Passaram a acreditar que eu, provavelmente, tinha confundido o nome da Ju ou que tinha criado um "amiguinho imaginário".

– E por falar em amiguinho... Quem vocês acham que é aquela figura estranha, que apareceu no altar e me deu a ideia de acompanhar o Bruninho na passarela?

– Não faço a menor ideia – respondeu a Manu. – Será que não foi uma ilusão de ótica?

– É verdade. Aqui, no escuro, a vegetação por vezes confunde a gente – concordou Lipe.

– Acontece que aquela figura estranha estava no quarto da noiva na hora em que eu pedi para voltar. E lá estava bem claro!

– Eu acredito no que a Gigi viu. Não é por ser minha irmã, mas porque nós vimos que os cristais a tiraram do nosso tempo. Logo, alguém mais também pode deter este conhecimento. Tenho as minhas suspeitas, mas preciso amadurecer essa ideia.

O silêncio que se seguiu foi abruptamente interrompido por aquele sonoro...

BURP!

E mais uma vez nossa conversa foi interrompida pelo estômago do Lipe.

– Ah, eu ia me esquecendo. Toma aqui, Lipe. Eu acabei trazendo a sua encomenda – falei, retirando do bolso um bem-casado da festa do casamento dos meus pais.

– Isso, Lipe, coma esse bem-casado e depois me diz qual é o gosto de um doce que já tem mais de treze anos! – falou Manu, soltando uma boa gargalhada.

Eu, a Clara e os guardiões nos abraçamos e voltamos para casa. Naquele dia eu não consegui dormir. Reproduzi a viagem por várias vezes no meu pensamento e comecei a planejar os próximos passos.

Ficou comprovado que os cristais podem curar, que eu posso viajar no tempo e carregar comigo objetos que estejam perdidos no passado. Assim, poderei resgatar os quatro cristais ainda desaparecidos.

Entretanto, muitas perguntas ainda estão sem respostas: qual a origem dos cristais místicos, que outras propriedades eles têm além da cura e quem é o viajante do tempo que me ajudou nessa aventura? Será que o verei novamente?

A busca pelos quatro cristais místicos da Amazônia está apenas começando[6].

---

[6] *Ia me esquecendo. Naquele dia, na volta para casa, minha mãe me contou que uma amiga perguntou se eu aceitaria ser a daminha do seu casamento. Mamãe me perguntou se eu ia ficar com medo e, adivinhem qual foi minha resposta? UHU!!!*

O difícil caminho de volta

Mapa da região

Propriedades dos cristais

Água-marinha
Sensitividade, paz, coragem, purificação, saber e ritual mágico.

Kunzita
Equilíbrio emocional, calmante.

Turmalina
Amor, amizade, dinheiro, negócios, saúde, paz, energia, coragem, viagem astral.

Pedra-Cruz
Conhecida como "Pedra da Cruz", "Pedra das Fadas" ou "Cruz das Fadas", a estaurolita é considerada um poderoso talismã. Segundo os especialistas em esoterismo, pode ser usada para conectar os planos astral, extraterreno e físico, auxiliando no alinhamento e conexão dos mesmos.

No plano físico, atua nos distúrbios de ordem intracelular, e também pode ser utilizada como complemento em tratamentos de doenças como malária e febres de um modo geral.

Fonte: http://www.heartjoia.com/7707-pedras-significado-cristais-propriedades-gemas

Constelações

cruzeiro do sul

3 marias

orion

escorpião

Apêndice

O Brasil de 2015 abrigava em torno de 460 mil índios, distribuídos por todo o território nacional, segundo dados da FUNAI (Fundação Nacional do Índio). Esse número pode não ser considerado elevado se for comparado com o total de brasileiros, que eram mais de 209 milhões no mesmo período.

Também podemos dizer que esse número é bastante pequeno ao confrontá-lo com os cerca de 20 milhões que viviam na Amazônia, antes da chegada dos portugueses e espanhóis no ano de 1500. Pelo menos é isso que tem conseguido provar um grupo de arqueólogos de diferentes países, a partir de escavações e estudos na região. Segundo esses pesquisadores, há indícios de que os índios habitam nosso país há mais de dez mil anos.

Estima-se que os índios brasileiros estejam agrupados em cerca de 225 tribos. Algumas passaram a adotar os costumes do homem branco e não mais os de sua cultura original à medida que foram perdendo a sua identidade ao longo do tempo.

Segundo dados da FUNAI, existem mais de 180 línguas diferentes que são usadas só pelos índios da Amazônia. Isso sem contar as que são usadas naquelas tribos que ainda vivem isoladas.

O português é a língua adotada pelos brasileiros. Apesar disso, o português falado no Brasil ainda guarda traços da língua tupi que perduram há séculos. É o caso de palavras como mandioca, milho, pirão e canoa. Todas essas palavras têm sua origem no tupi. Nos vales do Rio Negro os grupos indígenas e a população que mora às margens do rio falam o Nheengatu (língua geral), originada da família tupi-guarani.

Mais da metade dos índios brasileiros estão concentrados na Amazônia Legal, que é uma área compreendida por nove estados:

Acre, Amapá, Amazonas, Mato Grosso, Pará, Rondônia, Roraima, Tocantins e parte do Estado do Maranhão. Contempla todo o bioma amazônico do território brasileiro, 20% do cerrado e boa parte do pantanal matogrossense.

A Bacia Amazônica é a maior bacia hidrográfica do planeta Terra. Um quinto de todo o volume de água doce da Terra corre nos rios dessa bacia. Em seus rios vivem mais de 3 mil espécies de peixes, e em toda a Amazônia podem ser encontradas mais de 40 mil espécies de plantas, 400 espécies de mamíferos, 1.300 espécies de pássaros e milhões de insetos.

Nesta viagem, Giovana e seus amigos visitaram a cidade de Novo Airão, pequeno município localizado às margens do Rio Negro, que pertence à Bacia Amazônica. Segundo Braz de Oliveira França[7], existe uma antiga lenda que explica a origem de várias das tribos que hoje existem e se encontram espalhadas ao longo das margens do Rio Negro[8].

Conta a lenda que, no início dos tempos, um grande navio adentrou o Rio Negro, vindo do Rio Amazonas. Dentre os ocupantes havia um viajante que tinha sido renegado pelos seus companheiros, pois era o único homem solteiro do navio. Por essa razão, ele viajava do lado de fora e tinha pouco contato com os demais.

Aproveitando-se de uma manobra arriscada do navio, que passou bem próximo da margem, na entrada do Rio Negro, esse antigo viajante se jogou no rio e nadou até ser resgatado na margem por membros de uma antiga tribo indígena, formada exclusivamente por mulheres guerreiras.

Em um primeiro momento, o que parecia ser um paraíso perdido para esse antigo e solitário viajante se transformou em motivo de

---

[7] Ex-Presidente da Federação das Organizações Indígenas do Rio Negro.
[8] "Lenda Baré, uma história de amor". Disponível em: http://florestaamazonicainfo/tribos-indigenas.html.

desespero. As guerreiras dessa tribo só permitiam a permanência de um homem entre elas com o objetivo de gerar filhas para a tribo continuar a crescer. Após a confirmação de que a jovem guerreira estava grávida, o pai era morto e, caso nascessem meninos dessa união, eles teriam o mesmo cruel destino de seu pai.

Isso iria acontecer com Mira-Bóia (Gente-cobra), como decidiram chamar aquele homem que fugiu do navio e nadou até a margem do Rio Negro. Entretanto, se no navio ele era rejeitado por ser diferente, na tribo as suas diferenças físicas fizeram com que sua permanência fosse estendida.

Ele era mais alto e forte que os antigos índios que passaram pela tribo. Por isso, com o objetivo de melhorar as características físicas das guerreiras daquele grupo indígena, esse viajante permaneceria vivo até que cada guerreira da tribo tivesse dado à luz um herdeiro dele. Ao concluir essa missão, Mira-Bóia seria executado.

Mira-Bóia conviveu com a tribo por um longo tempo e o plano que foi traçado deu certo, até ele conhecer Tipa (Rouxinol), a última guerreira do grupo com quem ele teria que gerar um herdeiro.

Por ser a mais nova, a mais bonita e muito querida pelo grupo, foi concedido a Tipa o direito de conviver com Mira-Bóia até que a sua barriguinha ficasse à mostra. Por isso, diferentemente dos casos anteriores, Tipa e Mira-Bóia viveram bastante tempo juntos. A proximidade e o tempo que viveram a dois os levou a se apaixonar.

Sabendo que estava perto o dia em que seu amado seria levado para a morte, Tipa convenceu Mira-Bóia a fugir. Aproveitando que as guerreiras da tribo haviam saído para caçar e para buscar mel e frutas para as comemorações que se seguiriam à morte daquele viajante, os dois amantes fugiram e foram viver longe do restante do grupo.

Segundo a lenda, Tipa e Mira-Bóia fizeram e foram responsáveis pela criação da tribo Baré, um povo indígena que chegou a ocupar todo o Rio Negro, de sua foz às cachoeiras. Nos afluentes do Rio Negro habitaram as tribos Tukano, Desana, Arapasso, Wanano, Tuyuba, Baniwa e Warekenga.

Depois da morte e destruição que foi trazida pelo homem branco, nos dias atuais, as principais tribos conhecidas da região amazônica são os Kambeba, Jarawara, Korubo e Wanano[9].

Se você curte as aventuras de Giovana, siga nossa página e faça parte dessa viagem!

@asfantasticasviagensdegiovana

---

[9] URBAN, Greg (1992). **A História dos Índios no Brasil**. São Paulo: Fapesp/SMC/Cia das Letras.

Agradecimentos

Caro leitor, este livro só pôde chegar às suas mãos graças ao envolvimento pessoal de uma série de excelentes profissionais, carinhosos amigos e querida família, presentes em diversas etapas da elaboração desta obra.

Por isso, gostaria de agradecer, em primeiro lugar, às minhas filhas, Luiza e Beatriz. Seu carinho, afeto e o espírito de aventura que nos une têm propiciado viagens fantásticas que inspiraram grandes sonhos e inúmeras fantasias.

Agradeço muitíssimo aos amigos e amigas que me incentivaram a seguir com o projeto. Em primeiro, quero agradecer à Adriana Arcuri, primeira amiga a vislumbrar o potencial dessa obra. Meu muito obrigado ao Pedro e à Marina, por terem embarcado conosco nessa aventura; à Nara Maitre, ao Flavio Salles e à Fernanda Mairos, pelo apoio incondicional; e à Marie, à Ingrid e ao Lucas pela avaliação sincera que fizeram do texto.

Registro, também, minha enorme gratidão pelas sugestões e correções de rumo propostas pelas queridas Ana Lucia Merege e Paola Lima Siviero, que muito enriqueceram o conteúdo dessa obra.

Além de tudo isso, ainda tive a sorte de poder contar com a sensibilidade da Bruna Mendes, que tão bem soube capturar a energia dos personagens em suas lindas ilustrações e, com essa querida Editora, carinhosamente dirigida com a incansável dedicação da Ana Cristina Melo, profissional da mais elevada competência e qualidade.

Por fim, meu agradecimento especial ao amor da minha vida, minha mulher, por mais uma vez ter estado ao meu lado, apoiando com suporte emocional cada etapa desse projeto. Bel, sem você, nada disso seria possível.

Sobre a ilustradora

"Sou de Santa Catarina, estado onde vivi toda a minha vida. Me formei em 2012 em Design Gráfico, profissão que exerço até hoje, paralelamente à ilustração. Desenho desde que me entendo por gente e não pretendo parar tão cedo. Acho incrível poder traduzir histórias em imagens e, com isso, ajudar crianças e adolescentes a viverem momentos incríveis ao lado de personagens muito legais, como são todos os deste livro. Acredito muito na leitura como uma janela para o mundo e, quanto mais cedo a gente aprende a gostar de ler, melhor. Por isso, espero que o apelo visual que tento trazer aos livros nos quais trabalho ajude a cativar os pequenos (e os nem tão mais pequenos assim!) para termos cada vez mais adeptos ao mundo incrível da literatura."

Bruna Mendes

Conheça mais sobre o meu trabalho: *www.brunamendes.com.br*

Conheça os guardiões!

 Euzinha! Gigi

 Lipe

 Manu

 Clara

Até a próxima!